Explosive Dragon King Bahamut

폭룡왕
바하무트

GAME FANTASY STORY
몽연 게임 판타지 소설

폭룡왕 바하무트 1

몽연 게임 판타지 소설

초판 1쇄 찍은 날 § 2014년 6월 23일
초판 1쇄 펴낸 날 § 2014년 6월 30일

지은이 § 몽연
펴낸이 § 서경석

편집부장 § 권태완
편집책임 § 정수경

펴낸곳 § 도서출판 청어람
등록번호 § 제387-1999-000006호
등록일자 § 1999. 5. 31
어람번호 § 제1-1880호

주소 § 경기도 부천시 원미구 부일로 483번길 40 서경B/D 3F (우) 420-822
전화 § 032-656-4452 팩스 § 032-656-4453
http://www.chungeoram.com
E-mail § chungeorambook@daum.net

ISBN 979-11-316-9089-5 04810
ISBN 979-11-316-9088-8 (세트)

Explosive Dragon King Bahamut

폭룡왕 바하무트

GAME FANTASY STORY

몽연 게임 판타지 소설

1

Explosive Dragon King
Bahamut

폭룡왕
바하무트

CONTENTS

[파티]

파티 : 10명

포스 : 100명

레이드 : 1,000명

코어 : 1만 명

[아이템]

노멀 : 매직 : 레어 : 유니크 : 히어로 : 레전드 : 갓

[몬스터 등급]

평온(일반) : 분노(정예) : 시련(네임드) : 악몽(엘리트 네임드)

: 좌절(보스) : 절망(스페셜 보스) : 재앙(데미 갓) : 파멸(갓)

[호감도]

원수 : 불신 : 무관심 : 관심 : 친밀 : 신뢰 : 맹신

1장
포가튼 사가

[오크로드 우르카크를 저지하라 : 등급(S)]

　내용 : 절망의 평원 남부의 일부 지역을 다스리는 오크로드 우르카크는 최근 심각한 고민에 휩싸였다. 오크들의 왕으로서 100만 오크를 신하로 두었지만, 세가 급격하게 불어나는 바람에 극심한 식량난에 빠지고 말았다. 이에 우르카크는 일족의 수뇌부와 상의하여 식량난을 해결할 대책으로 인간들의 국가 중 한 곳인 루펠린 왕국을 점령하기로 결정한다. 루펠린 왕국은 대륙에서 둘째가라면 서러워할 농업 강국으로 충분히 100만 오크를 포함한 그 자손까지 먹여 살릴 여력이 있었다.

오크들의 진군 소식을 전한 국왕은 병력을 소집하여 오크들을 막아내기에 이르는데……

제한 : 1, 2차 전직.
성공 : 오크로드 우르카크의 사망.
실패 : 오크로드 우르카크의 국경 침공.
보상 : +2레벨 증가, 매직 아이템 한 종류+1000골드 지급

공적 보상 : 국왕이 직접 하사.
1위. 유니크 아이템 한 종류+루펠린 왕국의 자작 작위와 영지.
2위. 유니크 아이템 한 종류+루펠린 왕국의 남작 작위와 영지.
3위. 레어 아이템 한 종류.

페널티.
1. -1레벨 하락.
2. 루펠린 왕국의 영토 30% 소실.
3. 코어장급 이상 책임자들의 작위 한 단계 하락.
4. 오크로드 우르카크를 저지하라(S) → 오크 왕국의 건설(SS).

끄아아악!

여기저기에서 비명이 터지고 욕설이 난무했다. 죽고 죽이는 전장, 그곳이 이곳이었다.

콰콰콰쾅!

각 속성계열 원소술사들과 원거리 직업들이 10미터 높이의 이동식 나무 전차와 공성대전차에 탑승해서 강력한 데미지를 자랑하는 마법들을 쉬지 않고 뿌려댔다.

근거리 직업의 유저들은 그런 원거리 직업의 유저들을 보호하기 위해 주변을 둘러쌌다.

사방에서 밀려드는 오크 군단.

대륙 전역을 지배하는 팔대길드 중에서 루펠린을 거점으로 활동하는 거센 바람 길드가 밀렸다.

겨우겨우 막아내며 밀리지 않으려고 안간힘을 씀에도 전세는 불리했다.

전원이 1차 전직을 끝낸 100레벨 이상의 유저로 구성된 최정예 군단이다. 참여한 유저와 NPC 병력은 도합 20만이라는 숫자가 나왔다.

그런 대병력을 이끄는 총사령관은 거센 바람 길드의 마스터며 대륙십강에 속한 폭풍의 마검 라이세크였다.

퍼퍼퍼펑!

거구의 오크로드와 그 반절에도 못 미치는 라이세크가 흐릿한 환영만을 남기며 전장을 헤집었다. 오크로드의 기운을 머금은 대검과 부딪힐 때마다 라이세크가 넘어질 듯 휘청거렸다. 위태위태했다. 이러다간 얼마 버티지 못하고 무너져 내릴 것이다.

"난장판이군."

한 명의 사내가 까마득한 절벽 위에 걸터앉아 밑에서 벌어지는 대규모 전쟁을 관찰했다.

"인간 상태로는 어렵겠네."

오크로드의 무력을 확인한 바하무트가 혼잣말로 중얼거렸다. 아무래도 인간 상태로는 승패를 장담하기 어려웠다.

물론, 그것은 인간일 때의 기준이었다. 본체로 현신한다면 충분히 이길 자신이 있었다.

그렇지만 고작해야 오크 주제에 난 놈은 난 놈이다.

수십만이 격돌하는 전장을 압도하는 모습만큼은 감탄을 자아낼 만했다.

오크로드 우르카크.

대류 오대 금지구역의 한 곳, 절망의 평원 남부의 일부를 다스리는 100만 오크의 왕이자 280레벨의 그랜드 마스터다. 그 증거로 그의 대검에서 그랜드 마스터의 상징인 소울 블레이드가 줄기줄기 뿜어졌다. 모든 면에서 상대를 웃도는 기량이다.

라이세크는 대류십강이라는 이름값도 못하고 뒷걸음질 치

기 바빴다. 만약 그가 죽어서 강제 로그아웃된다면 퀘스트에 큰 차질이 생길 것이다.

"형, 여기 있었네요?"

"왔어?"

금발에 금안을 지닌 용족.

나가 계열의 골든 나가 슈타이너가 여기 있을 줄 알았다는 듯 말했다. 서로가 함께한 지 어언 2년이 넘었다.

어디쯤 있을지 맞추는 건 쉬운 걸 넘어 그 축에 끼지도 못 했다.

또한 그게 아니더라도 항상 파티를 유지해서 지도에 표시되기도 했다. 슈타이너는 먼 거리에서 광폭하게 날뛰며 전장을 지배하는 오크로드를 관찰했다. 대검을 휘두를 때마다 울려 퍼지는 대기의 파공성이 수백 미터 이상 떨어진 이곳까지 울려 퍼졌다.

"어때? 가능하겠어?"

가만있던 바하무트가 오크로드를 관찰하고 있던 슈타이너에게 물었다.

"오크로드요?"

"본체로 현신하면 이길 수 있겠어?"

"어렵겠는데요?"

"농담이지?"

"농담 아닌데요?"

"황금의 학살자가 그런 약한 말을 하다니."

바하무트가 스리슬쩍 비꼬자 슈타이너가 머리를 긁적였다.

그는 대륙십강의 랭킹 4위, 황금의 학살자였다. 유저들 사이에서 일인군단급의 무력을 보유했지만 전지전능은 아니었다. 오크로드와는 레벨에서부터 차이가 벌어졌다. 정확한 힘의 크기를 측정하려면 직접 붙어봐야 했는데, 솔직히 자신은 없었다.

"라이세크 녀석, 오래 못 버티겠네요."

"저 정도면 거의 발악이지."

라이세크의 소울 블레이드가 눈에 띄게 줄어들었다.

오러와 스킬을 캐릭터가 버텨낼 한계까지 사용해서 육체에 과부하가 왔다는 증거였다.

반대로 오크로드는 시간이 지날수록 더더욱 날뛰었다. 입이 벌어질 둘의 전투 탓에 오크들도 유저들도 그들의 반경 오십 미터 내로는 들어가지 않았다. 공격에 직접 맞서는 것은 고사하고 충격파에 휩쓸리기만 해도 살아남지 못한다는 것을 알아서다.

"우린 언제 끼어들어요?"

"심심하냐?"

"무지무지?"

바하무트가 피식 웃으며 전장을 바라봤다.

멋쩍은 듯 어깨를 으쓱거린 슈타이너도 조용히 눈을 돌렸다. 무슨 생각을 하는지 짐작하고 있었다. 퀘스트를 수락했다. 오크로드는 누가 잡든 상관이 없다. 구경만 하는 이유는 기회를 주기 위함이었다. 먼저 잡아보라는 보이지 않는 기회를 말이다.

펄럭펄럭!

상황을 지켜보던 바하무트가 움직였다.

양옆 사 미터의 날개가 활짝 펼쳐지며 그가 하늘로 떠올랐다. 머리에 한 쌍의 뿔이 달렸고, 전신에 두른 로브 아래로 기다란 꼬리도 보였다. 포가튼 사가를 구성하는 여섯 종족 가운데 가장 강력한 용족인 레드 드래고니언이 바로 바하무트였다.

"가게요?"

"어차피 죽을 거다. 슬슬 가보자."

길어야 십 분 내로 끝날 승부다. 다가갈 즘이면 라이세크는 이미 황천 여행을 떠났을 터였다.

"하긴."

슈타이너도 날개를 펼쳤다. 전체적인 모습은 바하무트랑 비슷했다. 다만, 붉은색과 대조되는 황금색이란 게 다를 뿐이다. 둘은 같은 용족이지만 세부적으로 속해 있는 종족은 달랐다.

마족도 언데드와 뱀파이어, 데몬 등이 있듯 용족도 종류는 많다. 캐릭터 선택 시 유저의 선택권은 세 가지로 제한된다. 바하무트의 세부 종족 드래고니언은 근접 전투 특화계열로서 용족 중에서도 최상위를 차지하고 있는 용 중의 용이었다.

"으아아악!"

"죽어버려!"

"윈드커터!"

"라이트닝 익스플로전!"

전장에 가까워질수록 비명과 욕설이 더욱 심해졌다. 오크로드에게서 분출되는 강렬한 기운도 찌릿찌릿하게 느껴졌다.

콰콰콰콰!

공격 마법에 휩쓸린 오크들이 죽어나갔다. 전사계열의 유저들도 쉬지 않고 베어 넘겼다.

꽤 분발하는 것 같으면서도 전세는 여전히 불안했다. 총사령관인 라이세크부터 말단에 속하는 유저들까지 전부가 밀렸다. 오크로드의 호위부대를 제외하면 대부분이 허약한 일반 오크였다. 100만이라고 해봐야 숫자만 그럴 뿐, 오합지졸에 불과하다.

유저는 오크의 20%밖에 안 되지만, 혼자서도 수십 마리를 도륙할 실력자다.

그러한 유저들이 밀리는 이유는 단 하나.

오크로드에서 비롯됐다.

그의 부대는 지휘영향력 적용으로 능력치의 30%가 상승한다. 제아무리 허약하더라도 오크로드를 등에 업은 100만 오크의 능력치까지 상승하자 너무나도 버거웠다.

쩌어어엉!

"제기랄!"

라이세크는 화가 치밀어서 돌아버릴 지경이었다. 사적으로는 거센 바람 길드의 길드장이었지만, 공적으로는 루펠린 왕국의 백작인 그에게 얼마 전 날벼락이 떨어졌다.

오크로드는 최근 절망의 평원에 서식하는 오크들을 통합하여 강력한 세력을 일구는 데 성공한다. 그러나 감당하기 힘든 숫자 탓에 심각한 식량난에 허덕이는 사태가 발생했다. 이에 루펠린을 침공하기로 마음먹는다.

루펠린은 아홉 개의 인간국가 중에서 헬렌비아 제국과 함께 가장 거대한 곡창지대를 소유한 농업 강국이었다. 그만큼 식량이 풍족했기에 오크들을 먹여 살릴 능력이 있는 국가였다.

오크로드는 루펠린 침공을 위해 대규모 군단을 진군시켰다. 정보를 입수한 국왕은 라이세크에게 오크로드를 막으라는 명령(강제 퀘스트)을 하달했고 그에 억지로 나오게 된 것이다.

국왕의 명을 어기면 되지 않느냐고?

어림도 없는 소리다. 그랬다간 작위가 하락한다. 설사 그

렇지 않아도 오크들에게 국경이 침공당해 국가가 쑥대밭이
되면 그동안 심혈을 기울여 이룩해 놓은 거센 바람 길드의 기
반이 송두리째 흔들린다. 그러니 어쩌겠는가? 싫어도 싸우는
수밖에.

콰우우우!

오크로드의 기운이 사방을 잠식했다.

능숙한 그랜드 마스터의 경지에 올랐기에 주변에 존재하
는 기운이 놈의 지배에 놓였다.

쾅!

"크윽!"

어마어마한 살기와 투기가 라이세크를 압박했다. 눈에 보
이는 공간 전체가 오크로드의 영역이었다. 그의 영역은 없다.
지금은 제 몸 하나 간수하기 어려워서 쩔쩔맸다.

스톰 브링거 오의 : 토네이도 트위스트.

휘리리릭!

크하하하!

라이세크의 육체가 회오리처럼 회전하며 수십 미터 크기
의 폭풍으로 변했다. 그러자 그의 검은 자체로서 수백 수천
개의 예리한 칼날 바람이 되었다.

오크로드가 날카로운 어금니를 내보이며 비웃었다. 위협

적임에도 막지 못할 정도는 아니었다.

웅웅!

대기에 분포된 마력이 오크로드에게로 빨려 들어갔다. 빨려 들어간 마력은 오러로 변환되어 그의 대검으로 모여들었다. 그리고는 가볍게 위에서 아래로 내리그었다.

즈아아앙!

끄아아악!

대검의 권역 내에 존재하는 모든 게 양분됐다. 형체 없는 대기가 갈라졌고, 지면에도 깊은 상흔이 생겼다. 라이세크의 폭풍이 갈라지며 그 안의 라이세크도 갈라졌다.

> 루펠린 왕국군 총사령관 라이세크 백작이 사망하였습니다. 그의 사망으로 총사령관 버프 효과 본신 능력+10%가 사라집니다. NPC 병사들의 사기가 급격히 감소합니다.

"길드장이 죽었어!"

"으아아아! 대륙십강도 못 이겼다고? 저걸 어떻게 잡아! 레벨 다운만은 막아야한다고!"

라이세크는 오크로드를 막아낼 유일한 방패였다. 다른 이들은 일격조차 감당하지 못한다. 그것은 누구나가 아는 사실이었다. 루펠린 왕국군은 라이세크가 사망하자 패닉에 빠졌다. 오크들과 싸우면서 오크로드의 주변으로는 접근조차 하지 않았다.

난장판으로 변해 버린 전장의 중심.

방벽이라도 세워놓은 듯, 뻥하고 뚫렸다. 그 안에는 오크로드가 한가로이 서 있었다.

크륵?

제법 강한 방해물을 죽이고 전장의 흐름을 살펴보던 오크로드가 고개를 갸웃거렸다. 어디선가 강렬한 기운이 느껴졌다. 그것도 하나가 아니라 두 개였다. 조금 전에 죽인 놈보다 몇 배는 강했다. 기운은 확실히 느껴지는데 위치 파악이 되지 않았다.

전후좌우 위아래를 두루두루 살펴봤지만, 어디에도 없었다. 두더지가 아닌 이상 땅속에는 못 숨는다. 잘못 느꼈다고 생각하지 않았다. 그는 자신의 감각을 확실히 믿었다. 그렇기에 더더욱 집중하여 대체 어디에서 풍겨오는지 파악하려 노력했다.

쿠우우웅!

크륵!

가뜩이나 강력했던 기운이 한순간에 폭증했다. 족히 두 배는 증가한 듯했다. 위치 파악이 어려웠는데 이제는 방향이 잡혔다.

오크로드가 고개를 꺾어 하늘을 올려봤다. 그곳에는 전신이 붉은 가죽으로 뒤덮인 거대한 생명체가 그를 내려다보고 있었다. 기분이 나빠졌다. 건방지게 누구를 내려다본단 말인가? 저 거대한 몸뚱이를 잘게 조각내어 육편으로 만들어 버릴 것이다.

쿠룩?

그런데 뭔가 이상했다.

정체 모를 붉은 생물체를 중심으로 어마어마한 마력이 모이기 시작했다. 빨려 들어간다는 착각이 들 정도로 엄청나게 몰려들었다. 그리고는 곧 시야가 붉게 물들었다.

*   *   *

"멋지군."

바하무트는 이런 광경을 자주 봤음에도 볼 때마다 감탄스러웠다.

상공에서 내려다보는 전쟁터의 풍경은 언제나 장관이었다. 유저들은 저마다 나름대로의 큰 뜻을 두고 전쟁에 임한다. 그런데도 마치 유저와 몬스터가 장난감 병졸처럼 보였다.

목적이 확연했다. 오크들은 자신들의 부족이 먹을 식량을 얻어 굶어죽지 않기 위해, 유저들은 루펠린이 점령당하는 것을 막아 자신의 기득권을 지키기 위해 싸웠다.

"저 녀석 아직도 완성 못했네."

라이세크가 사용한 토네이도 트위스트에서 만들어진 인위적인 폭풍이 바하무트와 슈타이너에게까지 날아왔다.

공격 영향권을 벗어나서 데미지는 들어오지 않았지만, 옷깃이 펄럭일 만큼 휘몰아쳤다.

"예전보다 많이 나아졌네요."

"음? 순풍보다야 낫긴 낫네."

어이없는 비유에 슈타이너가 황당한 표정을 지었다. 명색이 스톰 브링거의 오의였다.

"라이세크가 최약체라도 면전에 대고 순풍이라 말할 존재는 형하고 그녀뿐일 거예요."

"그런가?"

"네. 대륙십강 중에 형하고 그녀를 제외한 저희 여덟 명은 종이 한 장 차이예요."

"종이 한 장도 겹치고 겹치다 보면 찢기가 힘들어져. 너랑 저 녀석처럼 말이야."

슈타이너도 그 점에 관해서는 순순히 인정했다. 포가튼 플레이포럼에 올라오는 랭킹은 단순 레벨 차이로 정해진다. 강함을 판별하는 절대적인 기준으로 보기에는 다소 부족했다.

포가튼 사가의 시스템은 극도의 리얼리티를 추구한다. 레벨 차이가 극심하다면 몰라도 ±10~20의 미세한 정도라면 장비와 스킬, 기타 조건에 의해 승패가 결정되는 복잡한 구조를 지니고 있었다.

분명 대륙십강의 랭킹은 레벨 차이로 정해진 게 맞다. 최상위 두 명을 제외하면 종이 한 장 차이라는 표현도 적절하다. 그러나 바하무트의 말대로 종이도 겹치면 두꺼워지게 마련이다. 랭킹상으로 슈타이너가 4위이고 라이세크는 10위에 턱걸이한다.

둘 사이의 레벨 차이는 40이 훌쩍 넘어갔다. 이쯤이면 리얼리티를 추구해도 좁힐 수 없는 범위였다. 그렇다고 라이세크가 장비나 스킬로 우위를 점하지도 못한다. 기타 조건은 몰라도 앞서 말한 레벨, 장비, 스킬의 모든 면에서 슈타이너가 우위였다.

라이세크는 지금도 충분히 강하다. 수억 명이 플레이하는 포가튼 사가의 절대강자라 불리는 대륙십강의 명성은 거저 얻지 못한다.

그저, 대륙십강 중에서 가장 약하단 게 문제일 뿐이다. 비교는 뒤떨어지는 자들과 하지 않는다. 비교란 같은 그룹 내의 선두주자끼리 하는 것이다.

그 외에는 가치가 없으니까.

"저거 죽겠는데?"

바하무트는 라이세크를 보며 정말 한계에 몰렸다는 것을 확신했다. 오크로드의 대검에 강력한 기운이 몰려들며 대기와 공명하는 걸 보니, 파괴력이 상당할 것 같았다.

"흐음."

몰려드는 기운의 양을 느낀 슈타이너가 눈살을 찌푸렸다. 막으려면 피똥깨나 쌀 위력을 내포했다. 하물며 그보다 레벨이 한참이나 낮은 라이세크는 절대로 못 막는다.

콰우우우!

"끝났군."

"그러네요."

오크로드가 검을 내리그었다.

여파가 휩쓴 자리, 일직선상으로 백 미터의 기다란 흔적이 생겼다. 순간적으로나마 대기가 갈라졌고 그 공간이 진공 상태에 들어갔다가 되돌아왔다. 라이세크의 폭풍은 오크로드의 공격에 수백, 수천 개의 칼날바람으로 대항했지만, 모조리 튕겨났다.

"어쩔래?"

"양보, 어차피 제 실력으로 저 녀석 잡으려면 개고생 할 게 뻔해요. 구경이나 할래요."

"알았다."

슈타이너가 거부 의사를 밝혔다. 나서지 않겠다니, 직접 죽이는 수밖에 없었다. 바하무트가 자세를 잡았다. 그의 육체가 뜨겁게 익으며 주변 전체의 온도를 끌어 올렸다.

"현신."

푸화아악!

바하무트의 전신 모공에서 뿜어져 나온 시뻘건 불꽃이 그를 가리며 퍼져 나갔다. 슈타이너가 옆으로 물러났다. 신경 쓸 정도는 아니라도 불꽃에 닿으면 데미지를 입는다.

화르르르!

찰나의 시간이 지났다. 그러자 계속해서 분출되던 불꽃이 이번에는 반대로 흡수됐다.

"좋네."

> 본체로 현신하셨습니다. 본신 능력이 두 배로 증가하며 모든 종류의 포션 복용이 불가능해집니다.

내뱉는 숨결이 뜨거웠다.

아니, 육체 자체가 뜨거웠다. 만지기만 해도 화상을 입을 만큼 뜨겁게 과열되어 있었다.

"역시 누가 뭐래도 근접전투계열은 드래고니언이네요. 캬! 나도 저게 걸렸어야 하는데."

300명의 용족 유저 중에서 유일한 드래고니언인 바하무트의 모습은 감탄이 절로 나올 만큼 화려했다.

5미터의 육중한 덩치와 전신을 뒤덮는 붉은 가죽은 철갑처럼 튼튼해 보였고 하늘을 향해 치솟은 두 쌍의 뿔과 좌우로 활짝 펼쳐진 날개는 그야말로 환상이었다. 손과 발은 근접 전투에 유리하도록 길고 두꺼웠다. 얼굴은 용과 인간을 반씩 섞어 놓은 다소 이질적인 모습이었으나 그마저도 선택받은 자만이 지닐 수 있는 특권이었다.

"슈타이너."

"용의 축복, 용의 광기, 용의 투지."

용의 축복 효과로 본신 능력이 10%, 저항력이 20% 증가합니다.

용의 광기 효과로 물리, 마법 공격력, 방어력이 20% 증가합니다.

용의 투지 효과로 모든 능력치 포인트가 +50 증가합니다.

"고맙다."

"뭘요."

슈타이너가 손수 제작한 삼중첩 조합버프를 받은 바하무트의 능력치가 비약적으로 증가했다. 그는 용창기병과 주술사를 동시에 선택한 듀얼클래스였다. 바하무트의 직업인 용투사와 더불어 용족 내부에서의 육성난이도가 극악하기로 소문 나 있었다.

화르르륵!

바하무트 주변의 대기가 그의 기운에 동조하며 뜨겁게 요동쳤다. 과열된 대기는 드문드문 붉은 불꽃까지 만들어냈다. 갈수록 기운이 구체화되어 압축되기 시작했다.

"들컸네?"

기운을 읽은 오크로드가 상공을 쳐다보며 거대한 대검을 가슴께로 치켜들고는 경계 자세를 취했다.

"하지만 내가 먼저다."

우우우우!

한계까지 끌어모은 브레스가 뿜어졌다. 하늘을 가득 메우는 불꽃의 향연에 전쟁 중이던 양측 세력이 정지 버튼을 눌러 놓은 것처럼 멈춰 버렸다.

강렬한 화기의 정화가 오크로드를 뒤덮었다. 일정 반경 내의 공간이 불바다로 변했다. 최대한으로 압축시켰기에 넓은 범위에 피해를 주는 것이 아닌, 적은 범위에 집중적인 피해를 줌으로써 소수의 개체를 공격하는 점에서는 탁월한 데미지를 자랑했다.

"제법."

퍼어어엉!

오크로드를 뒤덮은 불꽃이 터져 나갔다. 오러를 일시에 분출하는 오러붐의 방식이었다.

폭발을 중심으로 자그마한 크레이터가 생겼다. 시커멓게 그을려서 뜨거운 김을 내뿜는 오크로드가 모습을 드러냈다. 그는 분노했다. 미쳐 버릴 정도로 분노했다. 적지 않은 상처를 입었다. 솟구치는 살심은 상대를 죽여야겠다는 결심으로 뒤바뀌었다.

"발끈하긴."

쿠우우웅!

오크로드보다 족히 머리 두 개는 큰 바하무트의 덩치가 지상에 안착하자 땅이 울렸다.

"어?"

"용족?"

"랭킹 1위다! 랭킹 1위 바하무트다!"

"폭룡왕이다!"

그렇다. 그는 포가튼 사가 랭킹 1위임과 동시에 대륙십강 전체를 아우르는 폭룡왕 바하무트였다.

쿠룩?

오크로드가 고개를 갸웃거렸다. 가까이서 보니 기분이 묘했다. 상대가 강해서라기보다 뭔가 다른 느낌이었다.

뭐라고 해야 할까. 천적? 우월한 느낌? 아무튼 그런 비슷한 기분이 뇌리를 파고들었다. 100만 오크 위에 군림하는 왕에게 불쾌감을 느끼게 하다니 용서하지 않겠다.

콰드드드!

오러를 잔뜩 머금은 소울 블레이드가 수평으로 휘둘러지며 바하무트의 허리를 노렸다.

파지지직!

바하무트가 용투기를 전개했다. 휘몰아치는 붉은 기운이 전신을 보호하며 날아오는 소울 블레이드와 충돌했다. 성질이 상반되는 두 기운의 충돌로 충격파가 발생했다.

드드드드!

용투기로 몸을 보호했는데도 사정없이 밀려났다. 소울 블레이드의 위력이 생각보다 강했다.

퍼엉!

바하무트가 용투기를 바깥으로 밀어냈다. 그러자 소울 블레이드가 튕겨 나가는 반탄력 탓에 발목이 땅바닥에 박혔다.

기회를 포착한 오크로드가 쏜살같이 달려왔다. 그리고는 두 쪽을 내버릴 속셈으로 대검을 힘차게 내리쳤다. 물론, 바하무트는 저런 무식한 공격에 맞을 생각이 없었다.

덥썩!

바하무트가 허리를 틀어 공격을 흘러내고 오크로드의 머리통을 왼손으로 움켜쥐었다. 그다음 박혔던 발을 뽑아 하체 관절 부분을 후려쳤다. 오크로드는 충격을 못 견디고 그 자리에서 엉덩방아를 찧었다. 실수였다. 파운딩에 걸려 상대에게 위를 내줬다.

쾅쾅쾅쾅!!

오크로드에게 올라탄 바하무트가 신체 이곳저곳을 무차별적으로 내려쳤다. 주먹 한 방, 한 방이 용투기로 강화된 폭격이었다. 그것으로 끝나지 않았다. 머리를 잡아 강제로 일으켜 세우고는 발을 힘차게 굴러 그 힘을 이용해 어깨로 들이받았다.

콰앙!

스걱!

두꺼운 근육으로 보호받던 갈비뼈가 부러지며 오크로드의 육체가 실 끊어진 연처럼 날아갔다.

무작정 날아간 것은 아니었다. 날아가기 직전, 대검을 휘둘러 바하무트의 오른쪽 다리를 베어버렸다. 따라붙을 걸 예상하고 기동력을 상쇄시킨 것이다. 엄청난 충격량에 정신이 아찔했을 텐데 그걸 버텨내고 공격을 날리다니 확실히 강한 놈이었다.

"쉽게 않네."

대검에 베인 오른쪽 다리에서 피가 콸콸 흘러내렸다. 어깨로 용투기를 집중하느라 미처 보호하지 못했다.

따라가서 끝장내려던 계획이 무산됐다. 70미터 바깥으로 날아간 오크로드가 오크들과 유저들에게 부딪히고 나서야 몸을 멈추고 일어났다. 충격이 꽤 큰지 휘청거렸다.

움찔!

바하무트가 다리를 움직여 봤다.

움직여지기는 했지만, 확실하게 기동력이 상쇄됐다. 상처가 깊어 감각이 둔해진 것이다. 본체 상태에서는 포션을 복용할 수가 없었다. 자체 회복 능력만이 답이었다.

"괜찮아. 장거리 공격은 내 주특기니까."

폭화 언령술 : 삼 조합 스킬.
뜨거울 염(炎), 임금 왕(王), 주먹 권(拳).
염왕권(炎王拳) : 염왕의 주먹.

퍼어어엉!

바하무트의 주먹이 허공을 후려쳤다. 폭발음이 들리며 이글거리는 폭염의 구체가 전방을 향해 뻗어나갔다.

콰앙!

오크로드는 혼미한 정신을 부여잡으며 대검의 넓은 면을 이용해서 염왕권을 막아냈다.

그러나 폭발력을 못 버티고 벌러덩 나자빠졌다. 그 탓에 손에서 놓은 적이 없던 대검을 처음으로 놓쳤다. 충격이 손아귀로 한정되어 자신도 모르게 힘이 풀려서다.

챙강!

저 멀리 대검이 떨어졌다. 오크로드는 오러로 대검을 끌어오려 했지만, 이어지는 방해로 실패했다. 바하무트는 흩어지는 염왕권의 불꽃을 잡아끌었다. 대부분이 빠져나가 다시 모은 양은 얼마 안 됨에도 중요한 건 불꽃이 남았느냐 남지 않았느냐다. 뭉쳤던 불꽃이 퍼지며 오크로드를 반원형으로 감싸 버리더니, 뜨겁게 끓어올랐다.

쿠에에에!

수백 도가 넘는 고열 속에서 익어버린 오크로드가 오러를 방출하여 불꽃감옥을 빠져나왔다. 처음부터 오러를 썼다면 상처를 입지 않았을 것이다. 정신이 없어 미처 대비하지 못했다. 오크로드는 자신이 밀리고 있다는 것을 알고는 불현듯 두려워졌다.

상대의 기술이 너무나도 특이했다.

지금까지 몸을 부딪치며 싸웠던 상대들과는 달랐다. 생전 처음 보는 전투 기술이었다.

"하! 역시 형이라니까."

전투를 지켜보던 슈타이너가 상공 높은 곳에서 탄성을 내뱉었다. 매우 쉽게 상대하는 것으로 보였다. 사실 맞다. 어렵지 않게 상대하고 있었다. 바하무트이기에 가능한 일이다. 자신이라면 전력을 다해도 이긴다고 장담하지 못하는 게 오크로드였다.

"스킬 조합 다시 해야 하나."

바하무트의 폭화 언령술은 수백 개의 불꽃계열 레어 스킬북과 우연히 이벤트로 얻은 유니크 스킬북 '언령 조합술'을 섞어 만든 포가튼 사가에 하나뿐인 특이 스킬이었다.

여타의 스킬은 그 자체의 하나만을 사용한다. 그런데 폭화 언령술은 응용이 가능했다.

그것도 아주 넓은 범위로.

화르르르!

바하무트가 불타올랐다. 말 그대로 불꽃이 그를 연료 삼아 타올랐다. 다리를 다친 바하무트는 날개를 펄럭이며 날아갔고, 움직이지 못하는 오크로드를 꽉 끌어안았다.

우드드득!

오크로드가 빠져나가려고 발악했지만, 엄청난 근력 보정의 영향으로 쉽사리 몸을 빼지 못했다. 맞닿은 몸이 점차 뜨거워지며 열기가 오러를 뚫고 들어왔다. 엄습하는 불안감에 어서 빠져나가려고 애를 써도 몸을 움직이지 못하니 환장할 노릇이었다.

폭화 언령술 : 사 조합 스킬.
뜨거울 염(炎), 더울 열(熱), 땅 지(地), 옥 옥(獄).
염열지옥(炎熱地獄) : 뜨겁고 더운 지옥.

푸화아악!
꾸에에엑!

염열지옥은 바하무트가 현재 상태에서 사용 가능한 폭화 언령술의 조합 스킬 중에서 손가락 안에 꼽히는 기술이었다. 수천 도를 넘어서는 불의 파도가 주변을 휩쓸었다. 어마어마한 열기에 땅이 녹아내리며 버둥거리던 오크로드의 육체가 형체를 잃어갔다. 오러를 사용해 막으려고 해도 지옥의 불꽃은 그런 오러조차 녹여 버렸다.

1ㅁㅁ만 오크들의 왕, 오크로드 우르카크가 사망했습니다.

공적 1위의 영향으로 루펠린의 국왕이 당신을 찾습니다.

몇 날 며칠 구경만 하고서도 오크로드를 잡자 단박에 공적 1위를 꿰찼다. 역시 잔챙이들은 제아무리 잡아도 쓸모가 없었다. 잡으려면 우두머리가 최고였다.

2ㅁㅁ레벨을 달성하였습니다.

3차 전직 퀘스트의 기본 자격을 갖추셨습니다. 대장군 벨케루다인이 당신을 찾습니다.

세기도 어려울 만큼의 알림음이 바하무트의 귀를 파고들었다. 아무것도 들리지 않았다. 그저 3차 전직 퀘스트의 기본 자격에 해당하는 299레벨이 됐다는 것이 중요했다.

*   *   *

바하무트는 오크로드가 죽으면서 떨어뜨린 몇 종류의 아이템을 챙겨 전장을 벗어났다.

어차피 전쟁은 종결이었다.

아직 100만 오크가 그대로 남아 있었지만, 우두머리가 죽었으니 알아서 흩어질 것이다. 어쨌거나 퀘스트는 해결되었고 목표했던 299레벨을 달성했다는 게 중요했다.

이제 용의 성전이자 지상에서 수 킬로미터 높이에 떠 있는 공중 이동 요새 드래드누스를 찾아가 3차 전직에 관한 실마리를 풀면 된다. 전장을 벗어난 바하무트는 슈타이너와 합류하여 텔레포트 스크롤을 찢은 뒤 루펠린 왕국의 수도 펠젤루스로 이동했다.

국왕을 만나 공적 보상을 받기 위함이었다. 급하지는 않았다. 시간은 많고 많았으니까.

"이제 299예요?"

"응."

"3차라……. 2차 전직 때도 그렇게 개고생을 했는데 과연, 이번에는 어떨지 궁금하네요."

"1차 전직 때와 2차 전직 때만큼의 차이가 3차 전직에 나타나면 끔찍하긴 끔찍하겠다."

포가튼 사가는 단순히 레벨만 올리는 게임이 아니었다. 처음 10레벨을 달성해서 직업을 결정하면 90레벨 후인 100레벨부터 다음 단계로 넘어갈 자격이 있는지 없는지에 관한 전직 퀘스트를 본다. 근데 이 전직 퀘스트란 놈이 피를 말린다.

어느 정도로 어려우냐 하면 현재 포가튼 사가가 상용화를 시작한 지 3년이 다 돼감에도 200레벨을 넘어 2차 전직을 완료한 사람이 고작 10명에 불과했다.

그들 개개인이 팔대길드의 마스터이며 유저들의 정점에 올라 있는 대륙십강이었다. 2차 전직의 벽을 넘지 못하고 199레벨에 머무는 유저만 수십만 명을 훌쩍 넘었다.

그들이 바보라서 통과하지 못할까?

그럴 수도 있다. 그런데 그 많은 유저가 전부 바보일 수는 없다. 바하무트의 기준에서 2차 전직 퀘스트를 통과하려면 몇 가지 사전 준비가 필요했다.

첫째, 기본 스킬이자 중요 스킬인 패시브 스킬들이 최상급에 올라야 한다. 당연히 높으면 높을수록 유리하다. 이것은 용족으로 치면 용투기나 용마안, 용마후 등등이었다.

둘째, 199레벨 대에서 착용 가능한 최고 수준의 장비를 착용해야만 한다. 게임에서 레벨과 장비는 바늘과 실이었다. 조금이라도 전직 확률을 높이려면 어쩔 수가 없었다.

셋째, 뛰어난 게임 센스가 필요하다. 임기응변에 능해야 한다는 소리다. 몬스터만 죽인다고 통과되는 게 아니었다.

죽이는 것도 중요하지만, 퀘스트에는 많은 종류가 있었다. 오랜 시간 공을 들이거나 특정 몬스터를 잡거나 물건을 만들라는 등 다양했다. 더욱이 유저마다 랜덤으로 정해져서 중복

되는 내용이 걸려졌다. 떨어지면 일주일간 퀘스트가 제한된다.

대륙십강은 전부 이러한 과정을 거치고서야 200레벨을 이룩했다. 전직을 할 때마다 모든 능력치의 두 배가 오르며 +100의 능력치 포인트가 주어진다. 그 밖에도 다양한 스킬 숙련도 향상을 가져온다. 전직하고 안 하고는 하늘과 땅만큼의 차이였다. 그러니 3차 전직이 주는 매력은 둘째치고 얼마나 어려울지 상상도 되지 않았다.

"그래도 어떻게든 되겠지."

바하무트는 아직 치르지도 않은 퀘스트는 걱정하지 않기로 했다. 걱정한다고 붙을 게 떨어지거나 떨어질 게 붙는 건 아니었다. 적당한 긴장은 약이지만, 과하면 독이다.

"그나저나 오크로드가 뭐 줬어요? 명색이 좌절 등급인데."

"유니크 한 개, 나머지는 잡템."

"무슨 유니크예요?"

"봐봐."

[광란의 울부짖음 : 유니크]

설명 : 100만 오크들의 왕 오크로드 우르카크의 양손대검, 수많은 생명을 베어죽인 영향으로 진득한 피 냄새가 풍긴다.

잡는 순간 미쳐 버릴 정도의 광기가 느껴진다.

제한 : 1차 전직 이상, **종류** : 대검, **내구도** : 500/500, **공격력** : 1200~1500. 근력+100, 체력+100, 민첩+50, 지능+50, 암속성 강화, 저항+45.

특수 옵션.

1. 광기 폭발 : 하루에 한 번, 10분 동안 자신의 내면에 잠재된 광기를 폭발시켜 버서커 모드로 돌입한다. 공격력 + 20% 증가.

"1500만 원쯤 하겠네요."

"아마?"

"이번에도 컬렉션?"

"응. 돈은 필요 없으니까."

바하무트는 현실에서 500대 규모의 캡슐을 가동하는 게임 캡슐 방의 사장이었다. 그렇기에 돈에 구애받지 않았다. 그는 특이한 아이템을 모아서 자신만의 컬렉션을 만드는 괴상한 취미를 지니고 있었다. 부자들이 누리는 사치라고 봐도 무방했다.

"형한테 유니크만 수십 개네요."

"더 구하고 싶은데 좌절 등급 몬스터만 떨어뜨리니 힘들더라고."

좌절 등급의 몬스터는 무조건 200레벨 이상에서만 등장한다. 재생성 몬스터도 아니라서 발견하는 것도, 발견해서 잡는 것도 무척이나 어려웠다.

"아이템 다 팔면 집 몇 채는 사고도 남겠다."

"너도 많이 벌잖아."

대륙십강에 속한 유저들은 적어도 한 달에 몇십억을 넘나드는 거액을 번다. 사냥으로 벌기도 하고 영지를 경영해 세금을 받기도 한다.

여하튼 이런저런 걸로 어지간한 중소기업 CEO 부럽지 않은 화려한 삶을 살아간다.

"3차 전직하면 장군 퀘스트도 볼 건가요?"

"당연하지. 내 목표 알잖아."

"알죠. 진정한 왕으로 불리는 거."

폭룡왕이라고 불리지만 그것은 유저들이 붙여준 상징적인 칭호에 불과하다. 누구든 때가 되면 게임을 그만두고 현실의 세상으로 완전히 돌아갈 것이다.

그것은 바하무트도 마찬가지였다. 한번 시작하면 끝을 보는 게 그의 성격이었다. 유저들이 붙여준 폭룡왕이라는 가짜 칭호를 진짜로 만드는 방법은 한 가지밖에 없었다.

칠대용왕(七大龍王).

용족의 전투 등급은 오 단계로 구분된다. 이 중 칠대용왕은 400레벨 이상의 라그나뢰크급 노룡을 일컫는다.

이들은 용제를 제외하면 실질적으로 용족의 최고 전력에

해당한다. 인간들의 국왕과는 개념이 다르다. 국가를 통치하는 것이 아닌 말 그대로 전투 등급이었다. 바하무트가 400레벨을 넘어 용왕 퀘스트에 합격하면 진정한 폭룡왕으로 불릴 것이다.

자격 조건으로는 전투 등급 삼 단계의 백팔전룡과 사 단계의 삼십육 용장군 퀘스트에 합격해야 했다. 현재 바하무트와 슈타이너는 삼 단계에서 보는 백팔전룡 퀘스트에 합격하여 용족 내부에서 각각 폭전룡과 광전룡으로 불리고 있었다.

당연히 쉬울 리가 없다. 2차 전직 퀘스트보다 백팔전룡 퀘스트가 더욱 어려웠다. 연관해서 생각하면 3차 전직 퀘스트와 삼십육 용장군 퀘스트도 그에 비례하리라.

"난 언제 299가 되지?"

"지금부터 열심히 사냥하면 서너 달 정도면 가능할걸?"

"전 그냥 천천히 할래요. 3차 전직 퀘스트 볼 생각만 하면 머리가 아프네요."

"내가 하는 거 보고 천천히 준비하는 것도 괜찮지."

슈타이너는 2차 전직 퀘스트를 치렀을 때도 바하무트가 준비하던 것을 토대로 해 그리 어렵지 않게 합격했다.

보고 듣고 느낀 게 많았기에 가능했던 일이었다. 그때와 같이 3차 전직 퀘스트도 바하무트가 먼저 본다. 그가 퀘스트를 치르는 과정과 준비하는 모습을 본다면 3차 전직 퀘스트에 붙을 확률이 조금이라도 높아질 것이다.

"그나저나 그놈은 요즘 꽤 조용하네? 퀘스트 때문에 그런가?"

"누구요? 쓰레기 놈이요?"

"응. 하도 조용해서 알아보니 퀘스트 때문에 정신없다는 것 같다더라."

포가튼 사가를 삼 년이나 즐기면서 슈타이너처럼 의지할 수 있는 인연을 얻었지만 자다가도 치를 떠는 악연 역시 같이 얻었다.

좋은 일도 많았고 나쁜 일도 많았다.

특히 그 나쁜 일은 대부분이 그놈과 관련되어 있었다. 같은 대륙십강에 속했으며 슈타이너보다 랭킹이 높은 그놈은 정말 상종하지 못할 인간쓰레기 중의 쓰레기였다. 레벨과 랭킹이 높고 남들 위에 올라서 있다고 인격이 좋을 거라는 상상은 금물이었다.

놈이 삼 년간 포가튼 사가에서 망가뜨린 유저의 숫자만도 수천이 넘는다. 별다른 이유가 있는 것도 아니다. 그냥 '걷다 보니 발밑에 있던 개미가 밟혀 죽었다'라는 것이 놈의 이론이었다.

세상이 만든 세기의 발명품이자 이제는 현실을 살아가는 사람들에게 없어서는 안 되는, 성인이라면 삼색 인종, 성별, 나이 불문으로 즐기는 게임답게 수억 명의 가입자를 보유하고 있다. 그들은 전부 현실의 사람이다. 그러니 둘은 하나의 인격체라는 결론이 나온다.

사람들의 성격은 다 제각각이다. 뭔가 특정 지어서 설명하지 못한다. 그 때문에 수억 명의 유저도 다 제각각이라 볼 수 있다. 착한 사람, 바보 같은 사람, 이상한 사람, 웃긴 사람, 그리고 나쁜 사람.

놈은 나쁜 사람이라는 차원을 넘어선 악한 사람이다. 그것도 악 중의 악이다.

현실의 법정에 놈을 세운다면 사형이다. 놈의 목숨이 백 개라면 사형도 백 번이다. 천 개면 천 번이다. 차마 말로는 정의하지 못할 정도였다.

최초의 악연은 슈타이너와 시작됐다. 언제나 함께 행동했기에 그 질긴 악연의 소용돌이에 바하무트도 같이 휩쓸렸다. 놈도 자신들이라고 하면 치를 떨지만 대놓고 건드리지는 못했다. 예전에 한 번, 처참하리만큼 박살 난 이후로 말이다.

"진짜 그 새끼, 게임 접게 할 방법 없을까요?"

"킬러라도 보내야 하나?"

홧김에 해본 말이었다. 어디에 사는지조차 몰랐다. 듣기로는 일본인이라는 소문이 있었지만 확인된 정보는 아니었다.

바하무트와 슈타이너조차 흑인이라는 유언비어가 나돌았다. 신빙성이 없다는 소리다. 둘은 한국인이었다. 전 세계 인구가 즐기는 게임에서 우연히 만난 사람이 한국인일 가능성은 매우 낮았지만 둘은 인연인지 같은 한국인 것도 모자라 꽤 가까운 곳에 살고 있어 종종 현실에서 만나기도 했다.

"진짜 이번에 또 개짓거리하면 아예 박살을 내죠?"

"아마 당분간은 조용할 거야."

"퀘스트라고 했죠? 무슨 퀘스트예요?"

"죽은 자들의 왕국과 관련된 퀘스트 같아. 이것저것 준비한다는 소식을 들었어."

죽은 자들의 왕국은 절망의 평원과 같이 포가튼 사가 오대 금지구역으로 지정된 언데드의 낙원이다.

최하급 언데드인 좀비나 스켈레톤부터 상급의 듀라한, 데스 나이트, 리치 등의 모든 언데드를 볼 수 있는 곳이기도 하다.

죽은 자들의 왕국은 마계 구대군주의 한 명인 워리놈이 인간계에 소환되어 자신을 소환한 왕국의 국토 전역을 언데드화시켰다는 시나리오로 구성되어 있었다. 사실인지 거짓인지에 관해서는 알려진 게 없었다. 하지만 바하무트는 왠지 사실일 것으로 생각했다.

현실에서 내려오는 민간 설화나 전설 등은 누가 만들었는지, 진짜인지 아닌지를 판별할 수 있는 기준이 전혀 없다.

그러나 포가튼 사가는 엄밀히 말해 살아 있는 사람들의 손길을 탔다. 만들어진 이야기라는 뜻이다. 게임의 근원이 뒤틀렸을 리가 없었다.

바하무트는 200레벨 중반 시절, 죽은 자들의 왕국에서 남작 등급의 고위 언데드를 잡아본 적이 있었다.

같은 오대 금지구역의 한 곳인 어둠의 미궁에서도 백팔전
룡 퀘스트를 위해 자작 등급의 데몬도 잡아봤다. 200~299레
벨 사이의 고위 마족들은 고작해야 자작에서 남작이다. 그렇
다면 공, 후, 백작도 있을 것이고 그들을 다스리는 왕도 있을
터다.

죽은 자들의 왕국에서 왕이라 불릴 존재는 당연히 워리놈
뿐이었다.

죽은 자들의 왕국에서 살아가는 고위 마족들은 각 영지를
다스리는 영주이자 작은 왕이었다.

당연히 수천, 수만의 직속 병력이 귀속된다. 고위 마족을
포함해서 수천의 언데드에게 둘러싸이면 강제 로그아웃을 각
오해야 한다.

예전에도 슈타이너와 힘을 합쳐 겨우 남작 영지를 지닌 듀
라한 계열의 마족 한 마리를 잡은 게 전부였다. 유저들이 죽
은 자들의 왕국 전역을 마음대로 헤집고 다니려면 앞으로 몇
년은 더 지나야 할 것이다. 어쩌면 몇 년으로 부족할지도 모
르겠다.

"S등급이겠네요?"

"그렇겠지? 직접 움직이는 것을 보면."

"성공할까요?"

"오크로드 수준이라면 아마? 그놈이 혼자서 싸우겠어?"

"짜증 나네."

놈은 슈타이너보다 랭킹이 한 단계 높은 3위였다.

그런 인간쓰레기가 지금까지 무사할 수 있었던 이유는 누구도 넘보기 어려운 실력과 세력을 가져서다. 성격은 또 어찌나 교활한지 확실한 승산이 없으면 덤비지도 않았다. 만약 그가 라이세크였다면 위험을 무릅쓰고 오크로드를 혼자서 상대하지 않았을 것이다.

못해도 간부 대여섯 명은 데리고 합공했을 게 분명했다.

"아, 망치고 싶다. 망치고 싶어!"

바하무트는 툴툴대는 슈타이너를 보며 못 말리겠다는 듯 한숨을 내쉬었다. 악연도 저런 악연이 없었다. 지금껏 서로 몇 번을 죽이고 죽었는지 손가락으로 세자도 못하겠다. 발가락까지 합쳐야 얼추 견적이 나왔다. 아마도 게임을 하는 한, 앞으로도 계속해서 부딪히며 악연을 쌓고 쌓을 것이다.

"망칠까?"

"진짜요?!"

슈타이너가 깜짝 놀랐다.

바하무트가 이런 말을 꺼낸 적은 처음이었다.

"언제나 시비는 놈이 먼저 걸었잖아. 한 번 정도는 우리가 먼저 걸어도 되겠지."

"퀘스트 모집 언제까진데요?"

"사나흘 남은 것 같던데."

"그럼, 국왕 만나고 3차 전직 실마리 듣고 가면 되겠네요."

"아마도 놈의 세력권 내부의 퀘스트라서 십강 중에 우리만 참여할 거야."

내륙십강이 거느리는 팔대길드는 서로가 관리하는 영역을 침범하지 않는다. 상부상조한다는 표현이 적절할 듯하다.

밑에서 치고 올라오는 유저들을 막기에도 벅찬데 거대 길드끼리 기득권을 차지하려고 싸운다면 금세 무너진다. 해서 팔대길드는 다른 길드의 영역에서 일어나는 일은 일절 관여하지 않겠다는 암묵적 동맹을 맺었다.

예로 퀘스트 같은 것을 들 수 있다. 이번에 루펠린 왕국에 생성된 S급 퀘스트는 누구든지 참여할 수 있다. 그러나 루펠린 내부에서 대륙십강에 오른 유저는 라이세크뿐이었다.

거센 바람 길드를 포함한 자그마한 중소 길드는 루펠린에 뿌리를 두고 있는 동맹 관계였기에 같이 퀘스트를 수행한 것이다. 이처럼 다른 자의 세력 내에서 일어나는 일은 도움을 청하기 전까지는 모른 체한다.

물론 모든 유저가 그것을 따르지는 않는다. 팔대길드 소속이나 그 휘하에 있는 중소길드의 유저들만 이행한다.

바하무트와 슈타이너는 길드 없이 혼자서 활동하고 있었다. 세력이 없었기에 어디를 가서 어떤 퀘스트를 하던 그들의 마음이었다. 오크로드 퀘스트도 그렇게 참여한 거다. 그러니 놈이 준비하고 있는 죽은 자들의 왕국 퀘스트도 참여할 수 있었다. 반겨주진 않겠지만.

"드래드누스부터 가면 돼요?"

"국왕한테 들러서 공적 보상을 받고 그다음 드래드누스에 가서 3차 전직 퀘스트를 받으면 되겠지."

루펠린으로 이동한 이유는 공적 보상 때문이었다.

공적 1위의 보상은 유니크 아이템과 자작의 작위와 영지였다. 필요는 없지만 자작 영지 정도면 한 달에 1,000만 원이 넘는 수익이 떨어진다. 유저들이 영지에서 물품을 구매하거나 돈을 사용하면 거기에서 세금이 환산되어 영지의 NPC를 통해 영주에게 전달된다.

"그거 공적 보상 유니크 아이템이랑 자작의 작위랑 영지도 주죠?"

"응."

"또 팔려고요?"

바하무트는 오랜 시간 동안 포가튼 사가를 플레이하면서 공적 보상을 통해 많은 수의 작위와 영지를 하사받았다.

못해도 대여섯 개는 될 것이다.

영지에 관심이 없었던 그는 비싼 값을 받고 모조리 팔아버렸다. 돈에 욕심이 있어서 판 게 아니다. 돈이라면 넘쳐흐를 정도로 많았다.

작위는 몰라도 영지까지 하사받으면 귀족의 의무로 영지를 관리해야 하는데 그러기엔 너무 귀찮았던 것이다. 세력에 욕심이 있는 것도 아니니 가지고 있어 봐야 짐에 불과했다.

　이것은 바하무트이기에 가능한 발상이었다. 평범한 유저의 경우 영지가 주는 매력에서 헤어나질 못한다.

　"아니, 이번엔 안 팔려고. 쓸데가 있어. 너도 알다시피 영지가 그리 쉽게 내려지지 않잖아."

　"그건 그렇죠."

　영지는 쉽게 얻지 못한다. 아홉 개 국가에는 평범한 국민이 있고 그런 국민을 다스리는 귀족과 국왕이 있다. 그들은 각자의 영지를 관리하는 NPC의 삶을 살아간다.

　그런데 국가의 영토는 무한하지 않다.

　귀족의 작위는 국왕이 내려줄 수 있지만, 영토가 한정되어 있기에 영지를 작위처럼 하사하진 못한다. 영지를 하사하려면 국왕 직영지를 내리거나 귀족들에게 땅을 얻어내야 한다.

　그도 아니면 개척을 하거나.

　포가튼 사가가 단순한 게임이라고 생각하면 오산이다. 만약 귀족들의 영토를 강제로 빼앗거나 그들에게 불만을 품게 한다면 반란이 일어나 내전에 들어간다. 유저의 행동과는 별개로 자신의 삶을 살아가는 게 포가튼 사가의 NPC다. 그들에게 있어서 이곳은 현실이다.

　"영지를 얻으면 직접 관리해야 하는데 어쩌게요?"

　"대충 대리 하나 세우지, 뭐."

　"NPC 대리요?

"아무거나."

슈타이너는 더 물어보지 않았다. 영지가 있으면 귀찮은 것보다 편리한 점이 더욱 많았다. 관리하기가 귀찮다면 사람을 구하면 된다. NPC든 유저든 간에 상관없었다.

"일단 보상받으러 가자. 시작해야지?"

"예."

국왕을 찾아갈 시간이다.

＊　　　＊　　　＊

"좋군."

바하무트는 왼손에 끼워져 있는 붉은 빛깔의 반지가 진심으로 마음에 들었다. 루펠린의 국왕은 수십 종류의 유니크 중에서 한 개를 택하라고 했다.

그는 한참을 고민한 끝에 반지를 택했다. 장착하고 있던 아이템 중에서 유일하게 레어인 부분이 반지였다. 더군다나 운이 좋게도 화속성 계열이라 기분이 무척 좋았다.

"옵션도 좋구나."

[작열의 분노 : 유니크]

설명 : 수백 년간 피어올랐던 화염의 정수를 내포하고 있는 반지, 손가락을 갖다 대기만 해도 화상을 입을 만큼의 열기가 뿜어지고 있다.

제한 : 1차 전직 이상, **종류** : 반지, **내구도** : 400/400.

방어력 +350, 근력 +100, 체력 +100, 민첩 +50, 지능 +50, 화속성 강화, 저항 +45.

특수 옵션.

1. 작열화 : 마력이 허락하는 한, 스스로를 불태워 스스로 화염의 근원이 된다. 화속성 강화, 저항 +10% 증가.

아이템 말고도 헬렌비아 제국을 제외하면 가장 강성한 국력을 자랑하는 삼대강국에 속한 루펠린의 자작 작위와 영지도 얻었다. 자작령치고는 상당히 좋았다. 자체 곡물 생산이 가능한 중간 규모의 농지도 있어서 자급자족이 되는 상급의 영지였다.

농업 강국이라고 모든 영지에서 곡물이 생산되는 건 아니다. 국왕의 직영지와 특정 몇 곳의 영지에서만 생산된다.

그러니 이러한 것만 봐도 그가 하사받은 영지가 얼마나 좋은지 단편적으로 알 수 있었다.

볼일을 끝낸 바하무트는 슈타이너와 텔레포트를 이용했다. 자신들이 태어난 용들의 고향으로 돌아가기 위해서다. 작위와 영지를 하사받았으니 영주로서 들러야 했지만 급할 것은 없었다. 드래드누스로 가서 3차 전직 퀘스트를 통과한 후에 들러도 충분했다.

"꽤 오랜만에 오네?"

"한 달쯤 된 거 같네요."

둘은 처음 만났을 때부터 항상 붙어 다녔다.

사냥도 같이했고 퀘스트도 같이했다. 서로 상성이 잘 맞아 시간이 지날수록 친해졌고 지금에 이르게 됐다. 바하무트는 용족의 직업 중 가장 키우기 까다로운 용투사를 키웠으며 슈타이너는 용창기병과 주술사를 동시에 키우는 듀얼 클래스였다.

둘 다 비인기 직업이었다.

초반에 얼마나 개고생 했는지를 생각하면 끔찍하기만 하다. 강력한 몬스터를 상대할 때는 바하무트가 정면에서 맞붙었다. 슈타이너는 뒤에서 각종 버프를 주는 버퍼의 역할을 했다. 다수의 몬스터를 상대로 싸울 때는 역할 분담 없이 각자 단독으로 행동한다.

"형 누구 만나래요?"

"벨케루다인."

"오! 인연이 깊은 NPC네요?"

"아마도 호감도 때문에 벨케루다인이 직접 하려나 보다."

NPC와의 호감도는 게임 플레이에 큰 영향을 미친다. 좋은

지 나쁜지에 따라 각종 혜택과 페널티가 복잡하게 정해졌다. 바하무트가 인연을 맺은 NPC는 용족 중에서 열 손가락 안에 꼽히는 강자였다.

바로 삼십육 용장군의 대장군으로 불리는 염화룡장 벨케루다인이다. 장군급의 고위 용족이라면 유저의 전직 퀘스트에 직접적으로 관여할 권한을 지닌다.

유저가 속한 종족의 고위급 인사가 봐주고 싶은 상대를 지정하거나 이미 지정된 대상을 바꾸는 것도 가능했다. 벨케루다인이 바하무트의 3차 전직 퀘스트를 봐주기로 한 것은 아마 최고 등급의 호감도 맹신에서 오는 효과였을 것이다.

"도착했군."

용의 성전이라 불리는 공중 이동 요새 드래드누스에 도착했다. 현실의 규모로 치면 제주도 정도에 해당하며 약 200만의 용족이 거주한다. 수천 미터 상공에 떠 있으며 항상 움직이기 때문에 텔레포트를 이용하지 않으면 찾지 못한다.

전 지역은 용제 이카루트가 설치한 절대 방어결계 앱솔루트 드래곤 베리어에 보호받는다. 이곳은 타인의 접근을 거부한다. 오직 용족과 허락받은 존재만이 자유자재로 오고갈 수 있었다. 강제적으로 들어오려 한다면 방어 결계에 걸려 소멸한다.

물론 방어 결계의 권능을 버틴다면 강제로 뚫고 들어오는 것이 가능하다. 그러려면 최소 300레벨은 되어야 했다.

바하무트는 곧장 벨케루다인의 성으로 향했다. 100레벨도 찍지 못했던 해츨링 시절, 벨케루다인의 말벗이라는 퀘스트를 수행하려고 성문이 닳도록 찾아갔기에 눈감고도 찾을 만큼 익숙했다. 성은 드래드누스의 중앙을 중심으로 동쪽 끝 부분에 위치한다.

"기다려라."

"제 볼일 보고 있을게요."

성문까지 도착한 바하무트가 슈타이너에게 양해를 구한 다음 거침없이 안으로 들어갔다. 복잡한 절차를 거칠 필요가 없었다.

최고 등급 호감도인 맹신에서 오는 혜택과 폭전룡이라는 직책의 효과였다. 성의 내부로 들어간 바하무트는 곧장 서재를 찾아갔다. 이 시간대의 그는 항상 서재에서 책을 봤다.

끼익!

서재의 문이 열리며 넓은 내부 공간이 한눈에 들어왔다. 역시나 서재 한편에서 책을 읽고 있는 벨케루다인의 모습이 보였다.

"한 번에 잘도 찾아왔구나."

"이쯤 되면 서재에 계시니까요."

"기분이 좋구나."

인간으로 폴리모프한 벨케루다인의 겉모습은 평범했다. 붉게 타오르는 머리와 적색 눈동자를 제외하면 유약한 학자의 모습을 보는 듯했다.

하지만 겉모습은 겉모습일 뿐이다. 그는 용족 서열 8위의 대장군이었다.

"성장했구나."

"아직 멀었습니다."

"흠! 용투기도 많이 늘었고 같은 드래고니언으로서 정말로 자랑스럽다."

벨케루다인의 세부 종족은 바하무트와 같은 레드 드래고니언이다. 200만의 용족 중에서 드래고니언은 딱 다섯 명에 불과했다. NPC가 네 명이고 유저는 바하무트 혼자였다.

"부르심을 받고 왔습니다."

"먼 거리에서 너에게 때가 되었다는 것을 느낄 수 있더구나."

NPC들은 전직이나 직업이라는 단어를 사용하지 않는다. 게임의 용어는 유저만 사용한다. 지금 벨케루다인은 3차 전직 퀘스트를 자신들의 표현으로 바꿔서 말한 것이다.

"후후, 직접 심사하시는 겁니까?"

"너라 해도 공정하게 심사할 것이다."

"물론입니다."

고위 용족이라도 전직 난이도를 조절하지는 못한다. 애당초 어길 수 없는 법칙 같은 것으로 지정됐기에 철저히 실력으로 해결해야 했다. 다만 조언 정도는 가능하다.

먼저 길을 떠난 선배가 뒤따라오는 후배에게 자신이 겪었던 경험 등을 알려줘 퀘스트에 도움이 되게 해주는 정도는 문제가 없었다. 그나마 이것도 호감도가 관심 이상에서나 통할 내용이고 낮은 호감도를 지녔다면 일언반구도 없이 퀘스트를 수행해야 했다.

"준비는 되었느냐?"

"되었습니다."

"좋다."

띠딩!

"퀘스트는 총 사 단계로 나뉜다."

"사 단계라."

예상은 했었다. 1차 때는 이 단계였고 2차 때는 삼 단계였다. 3차 때는 사 단계일 수도 있겠구나 하고 생각했는데 진짜라니.

"단계별로 나뉘는 퀘스트가 아니며 순서는 상관없다."

"조언을 해주시길."

"일단 이것을 보거라."

벨케루다인이 작은 양피지를 건네줬다.

어떠한 형식으로 치를 것인지에 대한 내용, 즉, 시험 과목이 들어가 있을 것이다. 유저마다 퀘스트의 내용은 전부 다르다. 뭐가 들어가 있을지는 열어보기 전까지 알 수 없었다.

1. 자격의 증명.
2. 전쟁의 경험.
3. 고위마족 사살.
4. 벨케루다인과의 대련.

'역시 1번은 거저 주는 거군.'

"지금까지 성장하면서 일족의 권능을 잘 갈고 닦았구나. 네가 심혈을 기울여 만든 기술도 많이 향상된 느낌이 들었다. 용족의 진룡 바하무트여, 너는 자격이 되느니라."

첫 번째 퀘스트, 자격의 증명을 해결하셨습니다.

자격의 증명은 퀘스트를 치를 자세가 되었는지에 관한 일종의 걸러내기였다.

299레벨을 찍어서 3차 전직 퀘스트의 조건을 충족했어도 스킬 숙련도 등의 기본이 되지 않으면 자격을 얻지 못한다. 바하무트는 거저주는 거라고 생각했지만 실제로 자격을 증명하지 못해 퀘스트에서 떨어지는 자가 부지기수였다. 여유롭게 초반부터 갈고닦지 않으면 나중에 가서 고생한다.

"그럼 전쟁의 경험은 무엇입니까?"

"최소 20만 이상이 참전하는 전쟁에서 용족의 일원으로서 활약을 선보이면 된다."

범위가 조금 넓었다. 어떠한 종류의 전쟁인지에 대한 정보도 없고 활약의 기준 역시 너무 모호했다.

"20만 이상이기만 하면 됩니까?"

"그렇다. 단, 인간들끼리의 전쟁이라면 본체로 현신해선 안 된다."

용족은 캐릭터 자체가 지니는 강함으로 한 가지 제약이 걸린다. 폭이 조금 넓긴 해도 한 단어로 정의하면 인간들끼리의 싸움에서는 본체로 현신할 수 없다. 이를 어기고 현신한다면 한 달간 계정이 정지된다. 법을 어긴 대가로 용제 이카루트가 벌을 내려서다.

"말 안 하셔도 알고 있습니다."

"혹시나 해서 말했다."

어쨌든 숫자만 맞춰지면 어떤 종류의 전쟁이든 상관없다는 뜻이었다.

"활약의 기준이 뭡니까?"

"적어도 남들이 인정할 만큼은 해야 한다."

"제일 큰 활약을 하라는 뜻입니까?"

"아니다. 남들의 인정만 받으면 된다."

제일 큰 활약은 공적 1위를 뜻하는 것이며 남들의 인정을 받으라는 말은 못해도 3위 안에는 들어, 큰 활약에 준하는 성과를 달성하라는 의미 같았다.

확실한 것은 공적 1위를 한다면 합격이다. 20만 이상이 부딪히는 전쟁은 최소 AAA급은 되어야 하는데 이런 규모의 퀘스트는 잘 나타나지 않는다. 더욱이 AAA급이라고 해서 모두 전쟁형의 퀘스트란 보장은 없다. 퀘스트가 여러 종류란 것을 꼭 명심해야 한다.

'퀘스트 찾아다녀야겠네.'

공적 1위 정도는 식은 죽 먹기다.

그냥 우두머리 목만 따버려도 저절로 따라온다. 백날 졸개 수천 마리를 죽여봐야 우두머리 한 마리만 못하다. 그러니 중요한 것은 AAA급 이상의 전쟁 퀘스트를 찾는 것이다.

"그럼 고위 마족에 관한 것은 어떻게 해야 합니까?

"백작 이상의 고위 마족을 잡으면 된다."

"배, 백작 말씀이십니까?"

"그렇다."

순간 바하무트의 뇌리에 경종이 울렸다.

'하아!'

백작등급이라면 299에 올라서 300레벨에 반쯤 발을 걸쳐놓은 상태의 고위 마족이다. 300레벨이 넘는 공, 후작은 물론이고 백작만도 현재 실력으로는 죽었다 깨어나도 잡지 못한다.

고위마족 사살이란 시험 과목을 보고 '자작등급 정도 잡으라고 하겠지'라고 생각했다.

왜냐하면, 자작도 매우 어려웠다. 혼자라면 승부를 장담하지 못할 정도로 강하다. 마족은 용족이 그렇듯 그들만의 세상인 마계에서 숨을 쉬며 살아간다. 그나마 드래드누스는 중간계라 불리는 포가튼 대륙의 상공 위를 떠다닌다. 그런데 마계는 아예 차원 자체가 달랐다.

차원을 이동하면 되지 않느냐고?

이동은 가능하다. 절대 살아나올 수 없다는 게 문제일 뿐이지. 차원 이동이 어렵다면 대륙에 존재하는 백작등급의 마족을 찾아야 하는데 이 역시 쉬울 리가 없었다.

대륙에서 백작등급의 마족이 나올 만한 곳은 어둠의 미궁과 죽은 자들의 왕국, 두 곳뿐이었다. 그리고 두 곳 모두 바하무트의 수준으로는 깊은 곳까지 들어가기 무리였다.

"죽은 자들의 왕국?"

"그 더러운 곳은 왜 이야기하는 것이냐?"

불쾌하다는 듯 내뱉는 벨케루다인의 말은 들어오지 않았다. 생각해 보니 놈이 준비하고 있는 퀘스트가 생각났다. 슈타이너와 함께 망쳐 버리기로 한 그 퀘스트의 목적지가 죽은 자들의 왕국이었다.

"혹시 죽은 자들의 왕국에도 백작등급 마족이 있습니까?"

시험 문제가 어디서 많이 나올지 알려달라는 질문과 비슷했다. 바하무트는 벨케루다인의 입술을 뚫어지게 쳐다봤다.

"많다."

"오!

"그럼 저와 슈타이너가 20만 병력과 간다면 승산이 있습니까?"

"슈타이너? 너와 같이 움직이는 골든 나가의 아이 말이더냐?"

"네. 못 보신 지 좀 되셨지만, 지금은 남작보다 강하고 자작보단 조금 약할 겁니다."

벨케루다인은 턱을 쓰다듬었다. 고민할 때 나오는 버릇이었다.

"무리다."

"무리라고요?"

슈타이너와 20만 병력을 대동하고도 무리란다. 대체 어찌돼먹은 곳이란 말인가?

"너에게는 이야기해 줘도 되겠구나."

벨케루다인은 원래 하면 안 되는 말을 '너니까 말해주마'라는 식으로 표현했다.

"죽은 자들의 왕국은 마계와 대륙을 연결하는 교두보다."

"교두보라면 통로를 말씀하시는 겁니까?"

처음 듣는 이야기였다.

작위를 지닌 마족은 중간계로 넘어오면 강력한 제약이 생기기 때문에 마음대로 강림하지 못한다.

"맞다. 데빌 존이 펼쳐져 있어 어둠의 미궁과 더불어 마족들이 자유롭게 활개칠 수 있는 곳이 거기다."

데빌 존은 말 그대로 악마의 영역이다. 그곳에서는 마족들이 제약에 걸리지 않고 본래의 힘을 모두 발휘할 수 있었다.

"언데드에게 한정된 게 아니었습니까?

"아니다. 분명 죽은 자들의 왕국을 구성하는 종족은 언데드지만 다른 마족들에게도 해당한다."

벨케루다인의 말은 계속 이어졌다. 그 내용은 바하무트가 그동안 '혹시 그렇지 않을까?' 했던 예상을 확신으로 바꿔줬다.

"죽은 자들의 왕국을 다스리는 자는 마계 구대군주의 한 명인 죽음의 군주 워리놈이다."

"역시!"

마계 구대군주는 용족의 칠대용왕과 같은 등급에 속한다. 400레벨 이상 재앙등급의 몬스터로서 눈앞에 있는 벨케루다인도 워리놈과 싸우면 필패였다. 죽은 자들의 왕국은 오대 금지구역 중 한 곳이다. 그렇다면 다른 금지구역의 수장들도 그 정도 수준일 가능성이 높았다.

"워리놈은 자신을 소환한 왕국 전역을 언데드화시킨 후에 마계에 남은 휘하세력 전부를 인간계로 소환시켰다."

"그렇군요."

"그리고 작위를 지닌 고위 언데드들에게 영지를 하사했지."

바하무트는 벨케루다인이 말해주는 정보를 머릿속에서 빠르게 분석했다. 백작등급 마족이 다스리는 영지를 그와 슈타이너 둘이서 찾아가는 건 자살 행위다.

그놈이 하는 퀘스트를 이용해야 했다. 병력은 퀘스트를 위해 알아서 모아줄 것이다. 중요한 건 얼마나 모으는가와 과연 놈이 하는 퀘스트가 백작등급 마족과 관련이 있는 가다. 그리고 관련이 있다면 실제로 만났을 때 어떻게 상대해야 하느냐다.

"백작등급 마족의 영지를 찾아가려면 최소 작위를 지닌 언데드 마족의 영지를 3~4개는 지나쳐야 한다."

가뜩이나 머릿속이 복잡한데 다시 한 번 폭탄이 터졌다. 작위를 지닌 언데드 마족은 하나하나가 슈타이너만큼 강력하다.

그런 강한 마족이 지키는 영지를 3~4개나 지나치는 건 말도 안 된다. 엄청난 전력 손실이 예상됐다.

"마지막으로 하나만 여쭤볼게요."

"무엇이냐?"

"제가 죽은 자들의 왕국으로 20만 병력과 같이 가서 백작등급 마족을 죽이면 두 번째 시험과 세 번째 시험 둘 다 통과가 되는 겁니까?"

"어렵겠지만 그리한다면 통과된 것으로 해주겠다."

바하무트는 확실히 결정했다. 슈타이너와 놈의 퀘스트를 망치는 게 아니라 해결하기로 말이다.

2장

3차 전직의 실마리

Explosive
Dragon King
Bahamut

"그러니까 언데드 계열 고위 마족이 지키는 영지 서너 개를 지난 다음에 백작등급 마족을 잡으라고요?"

"응."

"미쳤네."

슈타이너는 3차 전직 퀘스트 내용에 기겁했다. 백작등급 마족을 잡으란다. 전부 같은 종류의 시험을 보진 않겠지만, 난이도는 얼추 비슷할 것이다.

그럼 자신도 나중에 저런 난이도로 시험을 치러야 한다는 것과 일맥상통한다.

바하무트와 동레벨이 돼도 그를 이길 자신이 없었다. 그의 공격 스킬은 상식을 벗어난 수준이었다. 그런데 그런 무시무시한 바하무트조차 고개를 절레절레할 정도라니.

"어쩌죠? 전직 퀘스트 통과하려면 형이 직접 잡아야 하는데."

만약 전직 퀘스트에 제한을 가해두지 않으면 다른 이에게 공격을 부탁해 죽기 직전 몬스터의 숨통만 끊어버린다든가, 파티로 해결한다든가 등의 행위가 판을 칠 것이다.

지금도 그런 현상이 없는 것은 아니지만 밸런스가 무너질 정도로 심하지는 않았다.

"나도 그게 걱정이다. 자작도 힘든데 백작은 정말 감이 안 잡힌다."

전직 퀘스트든 뭐든 몬스터에 대한 우선 권리를 행사하려면 당사자가 반 이상의 피해를 주고 마지막 숨통까지 끊어야 한다.

파티 플레이가 가능하긴 해도 온갖 경우의 수가 숨어 있어서 혼자 잡느니만 못했다.

"그럼, 이번에 파티할 때는 최대한 조심해야겠네요?"

"응. 데미지 대결은 몰라도 숨통은 반드시 내가 끊어야 해."

"아! 그 새끼 퀘스트 망쳤어야 하는데 진짜 아쉽다."

슈타이너의 적의 어린 말투에 바하무트가 쓴웃음을 지었다. 그도 놈을 싫어했지만, 슈타이너는 거의 병적으로 싫어했다.

놈이 슈타이너에게 한 짓을 생각하면 아직도 진저리가 쳐진다. 원래는 랭킹 3위도 놈이 아니라 슈타이너의 차지였다.

놈은 상위 랭킹으로 올라가기 위해 방해되는 요소를 전부 제거했다. 슈타이너도 놈과의 PK 결투에서 많이 죽었다.

정당한 대결은 아니었다. 싸우는 도중에 수하들을 시켜 뒤치기하는 방식으로 슈타이너와의 레벨 차이를 좁혔고 결국 따라잡았다.

하지 말라고 경고를 했는데도 버릇을 고치지 않아 직접 나서 놈과 길드를 박살 낸 적이 있었다. 그 때문에 피해액이 상당하다고 들었지만, 놈의 피해액에는 관심이 없었다. 하는 짓거리가 너무 더러워서 혼 좀 내줬을 뿐이다.

결국, 반성의 기미가 눈곱만큼도 보이질 않아서 세 번이나 죽였다.

'네놈! 반드시 씹어 죽여주마! 슈타이너 그 개새끼랑 똑같이 밟아 죽이겠다!'

마지막으로 놈이 죽기 전에 했던 말이 생각났다. 불과 두세 달 전에 있었던 사건이었다. 슈타이너는 놈보다 세 배는 더 죽었다. 한 번 죽을 때마다 레벨의 1%가 떨어지는데 그때 슈타이너는 무려 −18레벨이 떨어졌다.

바하무트는 놈이 금방 복수를 하려고 달려들 줄 알았다. 이 년간 봐왔던 성격이라면 충분히 그러고도 남을 인간이었으니까.

그런데 시간이 가도 그럴 기미가 보이지 않아서 얼마나 의아했던가.

성격이 바뀐 건가 하고 알아봤는데 달라진 건 없었다. 여전히 쓰레기였고 앞으로도 쓰레기일 것 같았다.

죽은 자들의 왕국 퀘스트도 그래서 망치려고 했다.

지금껏 그는 시비에 걸려만 봤지, 걸어본 적은 단 한 번도 없었다. 상대가 그놈이든 다른 사람이든. 이번에는 맘먹고 걸어보려고 했는데 3차 전직 퀘스트가 발목을 잡았다. 아무래도 하지 말라는 신의 계시인가 보다.

"그 새끼가 받은 퀘스트가 백작등급 마족 잡는 거였으면 좋겠다. 어차피 잡지도 못하고 뒤지겠지만."

툴툴거렸어도 틀린 말은 아니었다. 백작등급 마족은 바하무트와 슈타이너가 본체로 현신한 상태에서 합공을 해도 승리를 장담하지 못한다.

레벨은 바하무트와 같은 299지만 이미 백작의 작위를 지닌 마족들은 300레벨에 반쯤 발을 걸쳐 놓은 상태다.

"얼마나 모였다고 했어요?"

"십만 정도? 자기네 애들 모조리 모으고 1차 전직 이상 되는 유저들을 용병으로 채워 넣고 있나 보더라. 아마 더 많이 달라붙을 것 같아."

"그 새끼가 웬일이래요? 손을 다 빌리고."

"아무래도 만만치 않은 걸 눈치챘나 보지."

확실히 퀘스트의 내용은 모르겠지만 모이는 규모를 봤을 때 전쟁과 관련되어 있을 가능성이 높았다. 그리고 최소 자작등급에서 최대 백작등급의 마족을 잡으려는 것이 확실해 보였다.

죽은 자들의 왕국 내부로 들어가서 살아남으려면 달려드는 것은 전부 죽여야 하는데 그중에 고위 마족이 없을 리가 없었다.

자작등급 마족을 잡으라는 내용이면 그냥 조용히 참여만 하고 빠지면 된다. 그러면 두 번째 퀘스트는 별 노력을 하지 않고도 통과할 수 있었다.

복잡해지는 건 백작급 마족을 잡으라고 할 때부터다.

"일단 가자."

"네."

*　　*　　*

벨케루다인과 만나서 3차 전직 퀘스트에 관해 전해 들은 바하무트는 곧바로 드래드누스를 벗어나 다모스 왕국으로 향했다.

죽은 자들의 왕국에 관한 퀘스트를 받으러 가기 위해서다. 목적지는 카바트 후작령이다. 이곳은 죽은 자들의 왕국과 불

3차 전직의 실마리 73

과 하루 거리에 떨어져 있는 방어 요새였다.

"더럽게 많네."

워프 포탈에는 꽤 많은 숫자의 유저가 줄을 잇고 있었다. 퀘스트는 카바트 후작령의 의뢰소에서 직접 받아야 한다.

받는 건 모두의 자유지만 레벨이나 장비가 비교적 떨어지는 유저들은 이번 죽은 자들의 왕국으로 출발하는 원정대의 일원으로 끼지 못하고 단독으로 행동해야 했다.

레벨도 낮고 장비도 떨어지는 유저가 그런 고난이도의 사냥터에서 개인플레이를 하면 초입 부근까지가 한계일 것이다.

그런데도 따라가는 이유는 혹시라도 끝까지 살아남아서 보상을 받지 않을까 하는 착각에서였다. 퀘스트를 수락하고 수행하다 죽으면 다시 참여는 못해도 마지막에 성공하면 보상은 저절로 들어온다. 그렇지만 죽음에 대한 페널티도 동시에 받기 때문에 웬만하면 죽지 않으려고 노력했다.

바하무트는 장담했다. 거대 길드를 주축으로 묶인 원정대에 포함되지 못한 유저들은 한가락 실력이 있지 않고서야 죄다 죽어나갈 거라는 것을.

"도착이군."

"북적거리네요."

웅성웅성!

"1차 전직 이상! 올 매직 아이템 수준의 포스 모집합니다!"

"서민끼리 뭉치죠! 저희도 가능합니다!"

"물약 대량으로 구매합니다. 싸게 주실 분!"

다들 각자의 원정대를 꾸리기 바빠 보였다. 수준이 좋아 보이는 파티도 있고 낮아 보이는 파티도 있었다. 그리고 파티보다 좀 더 상위 그룹인 포스를 모집하는 유저도 심심치 않게 눈에 띄었다.

파티는 10명까지 수용할 수 있고 포스는 100명까지 가능하다. 그리고 레이드는 그런 포스 10개를 모은 1,000명까지 수용할 수 있었다. 마지막으로 코어는 열 개의 레이드, 즉, 1만 명까지 쉽게 지휘할 수 있는 그룹 체계의 정점이었다.

바하무트는 슈타이너와 북적거리는 유저들을 밀치고 의뢰소에 붙어 있는 게시판으로 다가갔다. 가까이 갈수록 사람이 점점 많아졌지만, 압도적인 능력치로 그들을 강제로 밀어버렸다.

"어디 보자."

[아카벨트 국왕의 복수 : 등급(S+)]

내용 : 다모스 왕국의 국왕, 다모스 폰 아카벨트 4세는 젊은 나이에 그랜드 마스터라는 지고한 경지를 이룩했다. 검에 미쳐 살며 여인보다도 검을 더 사랑했던 그는 포가튼 대륙을 떠

돌며 더욱 검술 수련에 매진했다.

처음에는 그저 검이 좋아서 익혔는데 경지가 점점 깊어갈수록 자신을 상대해 줄 실력자가 없어 실의에 빠졌다.

그 때문에 모든 신하가 말려도 귀를 막아버리고 인간이 아닌 존재와의 대결을 위해 다모스 왕국 옆에 붙어 있는 언데드들의 낙원인 죽은 자들의 왕국을 홀로 찾아갔다.

싸우고 싸웠다. 상급의 언데드들과 싸우면서 점점 실력을 쌓은 아카벨트 국왕은 남작의 작위를 지닌 고위 마족에게서도 승리를 쟁취했다.

그러다 백작위에 해당하는 고위 마족 중에 검의 고수가 있다는 마족 남작의 말을 듣고 그를 찾아갔다.

그의 이름은 아달델칸.

격전 끝에 싸움에서 패배한 아카벨트 국왕은 왼팔이 잘리는 수모를 당하며 겨우 빠져나오게 되었다. 여태껏 한 번도 져본 적이 없던 그는 그날 이후로 지금까지 팔이 잘리는 악몽을 수시로 꾸게 되고 줄어드는 수명을 느끼며 신하들의 간청도 무시한 채 중대한 결심을 하기에 이르는데…….

제한 : 1, 2차 전직.
성공 : 마족 백작 아달델칸의 사망.
실패 : 다모스 폰 아카벨트 4세의 사망이나 패전 인정 시.
보상 : +3레벨 증가, 전원에게 매직 아이템 한 종류 + 2천 골드 지급.

공적 보상 : 국왕이 직접 하사.

1위. 유니크 아이템 두 종류 + 다모스 왕국의 백작 작위와 영지.

2위. 유니크 아이템 한 종류 + 다모스 왕국의 자작 작위와 영지.

3위. 레어 아이템 두 종류 + 다모스 왕국의 남작 작위와 영지.

페널티.

1. －2레벨 하락.

2. 다모스 왕국의 국력 20% 하락.

3. 부사령관 이상 책임자들의 작위 두 단계 하락.

"이거 백작등급 마족 잡는 건데?"

"와! 이 새끼 뭔 깡이지?"

예상과는 다르게 S+급의 난이도로, 며칠 전 완료한 오크로드 우르카크보다 한 단계 위의 대규모 전쟁 퀘스트였다.

"그냥 단순히 백작만 잡으면 되는 줄 아나 본데요?"

"의중을 모르니까 예측밖에 안 되네."

"국왕이 직접 나설 줄이야."

다모스 왕국의 국왕은 대륙에 존재하는 모든 인간 국가의 왕 중에서 유일한 그랜드 마스터였다. 레벨은 220 정도로 대륙십강과 비교해 보면 랭킹 10위인 폭풍의 마검 라이세크와 비슷한 수준이다.

"아마도 놈은 국왕과의 합공으로 상대하려는 것 같다."

"될까요?"

"절대 불가능."

장담할 수 있다. 절대로 불가능하다.

"형은 어쩌려고요?"

"못해도 둘 중 하나는 성공해야 한다."

백작등급 마족을 잡거나 아니면 공적치 순위 3위 안에 들어서 하나라도 3차 전직에 필요한 퀘스트를 완료해야 했다. 사실 바하무트는 공적치 순위는 별로 쓰지 않았다.

남들이 보면 자만심이 하늘을 찌른다 생각하겠지만, 그에게 있어서 공적치를 올리는 건 정말 쉬웠다. 우두머리를 잡기 전까진 슈타이너와 파티를 맺고 눈에 보이는 대로 쳐 죽여도 충분했다.

아마 아달델칸의 영지까지 갈 때쯤이면 수천 마리 이상을 죽여 적지 않은 공적치를 확보해 놓을 것이다. 걱정되는 것은 아달델칸을 자신이 죽이느냐 죽이지 못하느냐다.

"형 보니까 제 미래가 걱정되네요."

"내가 도와주면 수월할 거다."

"그렇긴 하지만, 아! 생각하고 싶지 않다."

일단 3차 전직을 완료해서 300레벨이 되면 다음 4차 전직 전인 399레벨까지는 또다시 단순 레벨업이 반복된다. 순조롭게 완료하고 슈타이너가 299레벨이 될 때쯤이면 그도 300레벨 초반 대는 넘어 있을 것이다.

그때부터는 능히 일인군단이라 불리니 지금처럼 혼자서 쩔쩔매는 상황은 오지 않으리라.

"출발은 내일 모레인가?"

"따로 행동할 거죠?"

"응. 멀리서 공적치 올리면서 가자."

원정대의 행렬에 낄 생각은 없었다. 그랬다간 들통 날 가능성이 높았다. 놈뿐 아니라 다른 간부들도 그와 슈타이너의 얼굴을 알고 있었다.

어떤 행동을 취할지 종잡지 못할 부류라서 차라리 따로 이동하는 게 안전했다. 어차피 원정대에 끼지 못하는 유저도 많아 둘이 붙어 간다고 해서 특별히 의심을 받거나 하지는 않을 것이다.

"그나저나 보상이 꽤 후하네?"

"아무래도 S+급이라서 그런지 공적 3위만 해도 인생 역전이네요."

"그렇지. 남작 영지만 해도 대단한 거니까."

바하무트는 이미 루펠린 왕국의 귀족이기 때문에 이중국

적을 취득하지 못한다. 공적 1위를 한다면 유니크 아이템만 얻어야 한다.

이럴 경우, 자신이 원하는 상대방에게 작위와 영지를 내주거나 팔 수 있었다.

"백작 작위랑 영지 팔면 삼억은 나오겠죠?"

"강대국이라서 더 나올걸? 남작 작위랑 영지만 해도 일억은 넘던 것 같던데."

S급 이상의 퀘스트 수행에는 나라마다 다르지만, 최소 남작의 작위와 영지가 하사된다. 대륙십강에 오른 이들은 다들 그런 퀘스트에서 공적 1위나 2위를 해서 귀족이 된 것이다.

바하무트와 슈타이너 역시 그렇게 해서 몇 번이나 작위와 영지를 팔았다. 구매자는 대부분 퀘스트가 행해진 나라의 유저나 팔대길드였다.

약소국이냐 강대국이냐 제국이냐에 따라서 같은 작위를 지닌 영지라도 규모가 달라진다. 약소국을 기준으로 최하급의 남작 영지라도 족히 5,000~6,000만원을 받는다.

한 달에 벌어들이는 세금만 해도 어지간한 직장인 월급과 비슷하다. 이번에 바하무트가 받은 자작 영지는 자체 곡물 생산이 가능한 상급의 영지였다.

더욱이 삼대강국에 속한 루펠린 왕국 소속이다. 모르긴 몰라도 삼억 이상은 나갈 것이다.

"너도 이참에 작위랑 영지 하나 얻는 게 어떠냐? 그래도 있으면 편하기는 할 텐데."

이곳은 하나의 세상이다. 귀족과 평민의 차별이 매우 심했다.

"음, 얻으려면 공적치 2등 해야겠네."

1위는 바하무트에게 넘긴단 뜻이었다. 어차피 그가 백작을 잡는다면 1위는 분명하다. 그러니 2위를 해서 자작의 작위와 영지를 하사받으면 되는 것이다.

"뭐, 어떻게든 되겠지."

"하긴, 우리가 언제부터 생각하고 움직였나요?"

"누가 들으면 생각 없는 줄 알겠다."

"크크큭!"

슈타이너가 재미있다는 투로 웃었다. 바하무트는 그를 보다 주변도 같이 둘러봤다.

'많군.'

유저들이 계속해서 몰려들고 있었다. 거대한 규모를 지닌 강대국의 후작 영지가 유저들로 가득 차서 발 디딜 틈이 없었다.

아직 놈의 모습도, 본대도 보이지 않았다. 어차피 다모스 왕국 전체가 그의 세력권이니 급할 것은 없을 것이다.

아마도 내일쯤 모습을 드러내겠지.

'또 한 번의 악연이 생길까?'

어차피 서로 간의 사이는 돌이킬 수 없을 정도로 얽히고설

키어 버렸다. 당하지 않으려면 압도적인 힘이 필요했다. 그리고 그 압도적인 힘은 3차 전직 퀘스트가 끝나는 날부터 시작될 것이다.

'가자.'

이번 퀘스트.

무슨 일이 있더라도 반드시 성공해야 했다.

*　　*　　*

고급스러운 집무실.

온통 레어 아이템으로 도배한 중년의 사내가 자신보다도 젊어 보이는 사내에게 부동자세를 하고서 보고를 올리고 있었다.

"얼마나 모였다고?"

"저희 길드를 통해 신청한 1차 전직 이상 유저들은 육만입니다."

"우리 애들까지 합치면 대략 십만 정도 되나?"

"추가적으로 모이면 최대 15만까지는 가능할 것으로 보입니다."

국왕 직할 병력이 10만이니 오늘 내일 더 모집한다면 25만까지 모인다는 합이 나왔다.

톡톡톡톡!

타마라스는 자신의 집무실 책상을 오른손 손가락으로 살짝살짝 두드렸다. 예상했던 것보다 기대에 미치지 못했다. 그가 정한 목표치는 30만이었다.

그런데 무려 오만이나 미달이었다. '5만밖에'가 아니라 '5만이나' 다. 25만도 적지 않은 숫자였지만 전혀 만족스럽지 않았다.

꿀꺽!

'제길! 또 무슨 말을 하려고!'

검은 악마 길드 십이간부 중 한 명인 그는 침을 삼켰다. 타마라스의 심기를 어지럽힌다면 자신은 그날부로 게임을 접어야 했다.

길드를 구성하는 십이간부?

그딴 건 그에게 있어서 고민거리도 아니었다. 맘에 들지 않으면 그냥 아이템처럼 갈아치우면 된다. 그는 그런 사람이었다. 아니, 상식이 통하지 않는 악마다.

배덕의 화신 타마라스.

다모스 왕국 전역을 다스리는 포악한 지배자이자 대륙십강 랭킹 3위의 절대강자였다. 아무리 게임이라도 사람이라면 감정이 있게 마련이다. 그러나 그에겐 그런 것이 없었다.

감정이 결여되어 있는 인간 같지 않은 자.

생각의 기준이 철저히 자기중심적이고 이기적인 존재가 바로 타마라스였다.

"오만."

곰곰이 생각하던 타마라스가 돌연 입을 열었다.

"네? 네!"

"채워."

"알겠습니다!"

"나가."

인사를 끝마친 간부는 간결하면서 빠른 속도로 타마라스의 집무실에서 도망쳤다. 더는 있기 싫었다. 너무나도 무서웠다. 그가 채우라면 채워야 한다. 반박이라는 단어는 생각도 하면 안 된다.

타마라스는 자신에게 대놓고 겁먹은 티를 내면서 나간 간부를 보고도 아무렇지도 않은지 표정에 변화가 없었다.

"삼십만으로도 장담하지 못해."

백작등급의 고위 언데드를 팔 하나가 없는 병신 국왕과 둘이서 상대해야 한다.

성립되지 않는 대결.

승산이 없기에 못해도 십이간부 중에 반은 데리고 싸울 생각이다. 눈에 띄는 도움 따위는 바라지도 않는다. 자신이 죽지 않도록 방패막이만 되어도 충분했으니까.

"아달델칸의 영지를 찾아가려면 고위 마족의 영지 세 곳을 지나야 한댔나?"

퀘스트를 받을 때 국왕이 했던 말이 생각난다. 당시 아달델칸의 영지까지 찾아가는 데 자작령 한 곳과 남작령 두 곳을 지나쳤다고.

"씨발!"

아달델칸을 어떻게 상대해야 할지 생각하는 것만으로도 골치가 아픈데 다른 고위 마족까지 생각하니 머리가 지끈거렸다.

게다가 이 퀘스트는 단순히 마족 몇 마리 잡고 끝내야 하는 간단한 일이 아니었다.

"그 새끼면 가능할까?"

타마라스는 문득 바하무트가 생각났다. 크게는 포가튼 사가 전체에서 작게는 대륙십강 내에서 가장 강한 존재.

만인이 인정하는 최강자.

얼마 전 오크로드 우르카크를 녹여 버리는 동영상이 포가튼 사가의 플레이포럼에 올라왔다. 아마도 전쟁 도중에 찍혔을 것이다.

최약체에 속하긴 했어도 라이세크 역시 대륙십강이었다. 그런데 그를 쉽사리 두 동강 낸 오크로드를 국물 우리듯이 녹여 버렸던 동영상은 충격 그 자체였다.

고통에 겨워 돼지 멱따는 소리를 내던 오크로드는 개그 소재도 되지 않았다. 열등감이 치솟아 올랐다. 자신이 오크로드와 맞붙었다면 어떻게 됐을까?

솔직히 장담하지 못하겠다. 라이세크의 토네이도 트위스

트를 갈라 버렸던 내려 베기를 막을 자신이 없었다. 그런데 바하무트는 몸으로 막았다. 말도 안 되는 수치의 물리 공격을 몸으로 막았단 말이다.

그래서 놈이라면 백작급 마족과 단독으로 붙을 수 있을까 하는 생각이 들었다. 왠지 가능할 것 같았다. 그 때문에 더 화가 났다.

그놈을 인정한다는 생각 자체에 분노가 치밀었다. 아직도 머릿속에서 자신과 길드가 초토화되었던 기억이 떠나지를 않았다.

그깟 쓰레기 같은 슈타이너 놈을 몇 번 죽였다고 자신을 개처럼 죽이다니.

정말 개처럼 죽었었다.

본체 상태로 변한 그놈에게 제대로 된 공격도 못 해보고 죽었다. 그리고 죽어가면서 울부짖었다.

죽이겠다고, 네놈을 반드시 죽여 버리겠다고.

"키킥! 키키키킥!"

타마라스가 기억하는 바하무트와 슈타이너는 항상 함께였다. 자그마치 대륙십강의 두 명이다. 그것도 랭킹 1위와 4위가 애인처럼 징그럽게 붙어 다녔다.

슈타이너 혼자라면 직접 나서거나 십이간부 몇 명을 데려가면 쉽게 해결된다.

문제는 바하무트다. 그놈의 압도적인 강함에 본능적으로

두려움을 느껴서 움직일 수가 없었다.

그게 수만에 달하는 길드원을 보유하고도 둘을 어쩌지 못하는 가장 큰 이유였다.

자신의 레벨은 이제 고작 270이다. 아마도 바하무트는 299가 되었을 것이다. 좁혀지지 않았다. 무슨 수를 써도 레벨 차이는 요지부동이다.

그놈뿐만 아니라 그년과의 차이도 여전히 똑같았다. 자신의 위로 두 명이나 있다는 사실에 시기와 질투가 폭발할 것 같았다.

"그놈이 3차 전직을 완료하면 어떻게 될까?"

상상만 해도 끔찍했다. 지금도 압도적으로 강한데 3차 전직을 했다고 생각하자 답이 보이질 않았다.

게다가 같은 레벨이 된다고 해도 상대할 자신이 없었다. 모두 폭화 언령술이라는 사기 스킬 때문이다. 어떻게 그런 스킬이 있을 수 있단 말인가.

주어진 스킬을 배우거나 조합을 하여 사용하는 자신들과는 전혀 다른 특이한 스킬이었다.

상식을 파괴하는 응용과 변화.

피하기가 어려워 그냥 맞든가 막아야 하는데 미친 공격력 탓에 한 방만 제대로 맞아도 물약을 흡혈귀처럼 빨아야 한다.

하나의 공격이 날아오다가 여러 개로 분열되는 건 귀여운 수준에 속한다. 분열된 것들은 사방으로 터져 나간다.

끝이냐고? 시작이다. 터졌던 것들이 다시금 뭉쳐서 폭발하거나 아니면 상대방을 감싸 버려 극열의 사우나로 만들어 버린다. 그도 모자라면 감싸 버린 상태에서 폭발한다.

그의 스킬은 대부분 폭발과 관련되어 있었다. 응용과 폭발을 자유자재로 다루며 기본에는 뜨거운 불꽃이 항상 뒤따른다. 폭룡왕이란 칭호가 여기서부터 시작됐다.

대륙십강 랭킹 1위 폭룡왕 바하무트.

치가 떨리도록 싫은 놈이지만 비슷한 스킬을 만들기 위해 노력도 해봤었다. 그런 스킬만 있다면 자신도 압도적인 강함을 소유하게 될 거라는 환상 때문에.

결과적으로 돈만 수십억을 쳐 날리고 포기했다.

알아본 바로는 만든 본인조차 어떻게 만들었는지 정확히는 모른다는 것 같았다. 어이가 없을 뿐이지만 한편으론 이해도 갔다. 조합 방법이 조금만 틀려도 스킬 전체가 날아갈 테니까.

"정말 짜증 나는군."

퀘스트에 성공해야 한다는 압박감에 생각하기도 싫은 기억이 떠올랐다. 힘만 있다면 찢어 죽이고 싶었다. 게임을 접게 하고 싶었다. 그러나 지금 상태로는 그를 상대로 이길 자신이 없었다.

죽이고 싶을 정도로 싫었지만, 승산 없는 싸움은 하고 싶지 않았다.

"놈들은 잊자. 중요한 건 따로 있다."

현재 중요한 건 바하무트가 아니라 퀘스트였다. 원정이 시작되면 밑의 것들은 저들끼리 알아서 치고 박고 아귀다툼을 벌일 것이다.

원정대에 포함되지 못한 잡종들도 있으니 쓸모는 없어도 소모품 대용으론 제격이었다. 그들은 조금이라도 공적치를 올리기 위해 노력할 것이다.

그러니 따로 명령할 필요는 없었다.

어떻게든 국왕과 힘을 합쳐 아달델칸을 쓰러뜨려야 했다. 단순히 백작 한 마리도 상대할 자신이 없는데 고위 마족이 둘만 더 있어도 원정대의 전멸은 기정사실이다

강아지들이 모여 있는 공간에 호랑이를 풀어놓았을 때 그 결과를 꼭 봐야 아는 건 아니었다.

병력은 그래도 괜찮은 편인데 최고층의 전력이 너무 부족했다. 적어도 대륙십강에 오른 절대강자들 중에서 두 명은 더 있어야 안심이 될 것 같았다. 네 명 정도라면 웬만한 변수는 다 무시하고 무력으로 해결할 수 있었다.

"일단은."

직접 부딪히는 수밖에.

퀘스트에 대한 일을 아무리 생각해도 원하는 그림이 그려지지 않았다.

하지만 이미 25만의 병력이 모였고 곧 5만이 더 충원되어 30만이 될 것이다. 이제 와 뒤로 물릴 수는 없다. 죽이 되든 밥이 되든 죽은 자들의 왕국으로 출발해야 한다.

만약 원정을 취소하면 팔이 하나밖에 없는 병신 같은 국왕이 자신을 기만했다는 이유로 작위를 몰수한다.

유저들은 이번 원정의 주체가 국왕인 줄 알고 있다. 맞는 소리긴 하다. 퀘스트는 국왕을 통해 내려졌고 국왕이 죽으면 실패로 끝나니까. 다만 퀘스트는 국왕이 내렸지만, 생성시킨 것은 타마라스 본인이었다.

포가튼 사가는 무엇이든 가능한 세상이란 걸 명심해야 한다.

"좋아. 실패하면 실패하는 거지. 내가 뒤지는 건 아니니!"

설사 실패한다고 해도 그는 잠시 국왕에게 충성하는 개가 될 것임을 다짐했다. 아주 잠시만 말이다.

이 퀘스트는 두 가지 목적을 지닌다. 대외적으로 알려진 것처럼 아달델칸이라는 마족 백작을 잡아 죽이는 것과 본인과 십이간부들만 알고 있는 목적이 따로 있었다.

"인정해. 나 혼자서는 너희를 상대할 수 없다는 걸."

아무리 노력해도 자신과 검은 악마 길드로는 바하무트와 슈타이너를 상대하지 못했다. 세력을 더 키워보려고 해도 이미 포화 상태였다.

넘치면 독이 될 뿐이다. 그래서 도박을 하기로 정했다. 지난 몇 달 동안 철저히 분석하고 가정하고 또 준비했다.

"모든 건 네놈들을 죽이기 위해서다."

성공한다면 누구보다 큰 힘을 지니게 될 것이다. 개인의 힘이 아닌 단체라는 힘을.

3장
죽은 자들의 왕국

　다모스 폰 아카벨트 4세에 의해 거창한 출정식을 끝마친
원정대는 곧장 죽은 자들의 왕국을 향해 출발했다.

　검은 악마 길드 소속 길드원들이 오만, 중소 길드 소속이거
나 개인 유저들이 십오만, 마지막으로 아카벨트 국왕 직할 병
력 10만을 합쳐 총인원 30만의 대군이었다.

　타마라스는 기어코 간부들을 쥐어짜서 모자란 5만을 채웠
다.

　"엄청나군."

　"오크로드는 잡고도 남을 전력이네요."

　"충분하지."

타마라스가 모은 병력은 오크로드 퀘스트 당시, 같은 대륙 십강에 속한 라이세크의 전력에 비해 두 배 더 강했다.

사뭇 S+등급의 퀘스트가 갖는 위력을 짐작할 수 있었다. 그렇지만 삼십만 대군을 보유하고도 성공 확률이 희박하단 것을 생각하니 한숨이 절로 나왔다.

'사이만 좋았다면.'

바하무트와 슈타이너가 서로 믿고 의지하는 것처럼 타마라스와도 사이가 좋았다면 성공 확률이 높았을 것이다. 2차 전직을 끝낸 질대강자만 세 명에 그에 못지않은 아카벨트 국왕이 있다.

'꿈이지.'

바하무트는 자신이 생각해도 어이가 없는지 고개를 설레설레 저었다. 악연 중의 악연에서 뭔 가능성을 기대한단 말인가. 아마 다시 태어나서 새로운 인연을 만들지 않는 한은 불가능할 것이다.

아니다. 생각해 보니 다시 태어나도 불가능하다. 놈의 그런 악마 같은 성격과 자신의 사이가 좋을 리 없었다.

쿵쿵!

30만 대군이 발을 맞춰 행군하자 대지가 울렸다. 바하무트가 상념에서 깨어났다. 그가 보는 시선 아래에는 길고 긴 행렬이 끝도 없이 늘어져 있었다.

"저기 있네요."

"그러네."

행렬의 선두에는 좋은 품종으로 보이는 군마를 탄 두 명의 사내가 앉아 군을 지휘했다. 한 명은 중후한 인상의 갑옷을 두른 아카벨트 국왕이었고 다른 한 명은 검은 악마 길드의 마스터인 배덕의 화신 타마라스였다.

"어우! 재수 없어."

슈타이너는 선두에서 무표정한 얼굴로 대군을 이끄는 타마라스를 보며 짜증을 냈다. 어떻게 쓰레기 같은 놈이 저렇게까지 클 수 있었는지 이해가 가지 않았다.

사방에 적을 만들고 남을 짓밟아 포가튼 플레이포럼에 항상 이슈로 떠오르는 타마라스다.

좋은 이유로 올라오는 글은 눈을 씻고 찾아봐도 없었다.

타마라스의 악독한 폭정과 억압을 견디지 못하고 게임을 접게 된 서민 유저들이 가상에는 적용 못할 현실의 법까지 들먹이며 호소했지만 그런 고통 어린 호소에도 운영자들은 움직이지 않았다.

솔직히 움직일 수 없다는 표현이 맞았다. 포가튼 사가는 하나의 세상이다. 불공평할지 몰라도 현실이든 가상이든 세상은 돈과 권력이 있다면 마음대로 주무르는 게 가능했다.

"무슨 생각일까요? 아무리 저런 대군을 끌고 간다 해도 둘이 죽으면 끝나는데."

"저 녀석은 이미 알고 있어."

"네? 뭘요?"

"성공하기가 어렵단 것을."

바하무트는 저 멀리 보이는 타마라스를 보며 말했다. 그는 퀘스트가 성공하기 어렵다는 것을 이미 알고 있었다.

타마라스는 항상 자신의 속내를 남에게 들키지 않으려고 포장을 한다. 겉은 웃고 있어도 눈은 웃지 않는 게 타마라스였다.

그런데 출발 전 봤던 그의 눈이 웃고 있었다.

'무슨 생각을 하는 거냐.'

슈타이너는 모르는 것 같지만 저런 웃음, 놈을 만나 이후 딱 한 번 본 적이 있었다. 자신이 원하는 것을 얻기 직전에 짓던 그 웃음을 말이다. 좋은 일은 아닌 게 분명했다.

타마라스의 머릿속에서 남들과 같은 '좋다' 는 의미의 생각은 나오지 않는다.

놈이 '좋다' 는 것과 평범한 사람들의 '좋다' 는, 단어만 같을 뿐 의미는 달랐다.

현재 바하무트와 슈타이너는 상공 수백 미터 위에서 원정대의 행렬을 천천히 뒤따라가는 중이다.

어차피 행군 속도로 보면 죽은 자들의 왕국까지 어림잡아 하루는 걸릴 것이다. 굳이 대군의 틈에 섞여서 복잡하게 이동하고 싶지 않았다. 편한 날개를 두고 걸어갈 필요성을 느끼지 못해서다.

"죽은 자들의 왕국에서 이렇게 날아다니다간 표적이 되겠죠?"

"아무래도 그렇겠지. 고레벨 몬스터의 기감은 범위가 넓으니까."

하늘을 날아다닌다고 해서 만능은 아니다. 너무 높게 올라가면 원정대의 모습을 확인하기가 어려웠다. 게다가 따로 돌아다니다가 고위 마족의 영지에 발을 잘못 들여놓으면 강제 로그아웃이다.

유저든 몬스터든 지상의 기척을 탐지하는 것과 상공을 탐지하는 것은 엄연히 달랐다. 그냥 본능적으로 적이 하늘에 있는지 땅에 있는지를 알게 된다고 할까?

지상에는 삼십만 대군이 있어 여러 가지 변수가 작용할 테지만 상공은 워낙 유저의 숫자가 제한적이라서 조심해야 했다.

더욱이 중요한 것은 죽은 자들의 왕국은 전역이 다크니스라는 마법으로 가려져 있어서 내부로 들어가기 전에는 외부에서 식별하는 게 불가능했다.

현재 하늘을 날아 이동하는 유저는 바하무트와 같은 용족 유저와 특수 종족 페어리 유저 수십 정도였다.

페어리는 고작해야 몸 크기가 30센티미터 정도밖에 안 되는 마법 종족이다. 직업이 모두 마법과 관련된 것뿐이며 여성에게 무한한 사랑을 받았다.

파티를 맺고 행동하는 유저도 있었고 바하무트 일행처럼 소수로 다니는 유저도 있었다. 성향에 따라 제각각이었지만 그래 봐야 수십 명이다. 그들은 서로 의식하지 않고 행동했다.

특수 종족이라고 해서 친밀감이 있다고 생각할 필요는 없다. 그들도 따지고 보면 남남이었다.

"특수 종족의 참여도가 낮군."

"타마라스의 영역이잖아요. 수틀리면 꼴리는 대로 죽이는데 할 맛이 나겠어요?"

"그래도 많았다면 도움이 됐을 텐데."

"그렇긴 하죠."

용족이나 다른 특수 종족은 평범한 인간 유저들과 비교하면 월등하다 싶을 정도로 강하다. 그리고 레벨과 장비, 전투를 해결에 나가는 개인차 등에 따라 더 벌어진다.

물론 특수 종족이라고 혼자서 수십, 수백의 유저를 동시에 상대하진 못한다. 대표적으로 용족에서 그 정도 숫자의 유저를 상대할 수 있는 자는 단둘뿐이다.

누구겠는가? 바로 바하무트와 슈타이너다.

용족 랭킹 1위와 2위인 둘의 전투력은 아직 2차 전직도 못한 애송이들과는 차원이 달랐다.

"문득 생각난 건데 소드 퀸도 왔을까요? 성공하면 +3레벨이나 올려주는데."

"흠, 글쎄? 모르겠다."

"형, 친구 추가되어 있잖아요."

"얼마 전에 차단당했어."

바하무트가 쓴웃음을 지으며 말했다. 대륙십강 중에서 유일하게 적수로 인정하는 강자가 소드 퀸이었다. 특수 종족 하이엘프 랭킹 1위이자 전체 랭킹 2위인 소드 퀸 이사벨라.

정면으로 맞붙어본 적은 한 번밖에 없었다. 워낙에 강하다 보니 둘을 두고 갑론을박이 많았다.

사실 바하무트도 궁금하긴 했다. 자신과 마찬가지로 그녀 역시 적수가 없기로 소문난 강자였다. 그러던 어느 날 우연히 맞붙었고 죽기 직전에까지 몰리고서야 겨우 승리했다.

정말 소드 퀸이라는 별명이 너무도 어울리는 여인이었다.

"이사벨라 님이 있다면 이 퀘스트 쉬울 텐데."

"아무래도 그렇겠지."

그녀와 힘을 합치면 아달델칸과도 해볼 만했다. 심지어 거기에 다른 고위 마족이 추가되어도 슈타이너가 충분히 막아줄 것이다.

"연락 안 돼요?"

"응. 접속은 되어 있는데 차단이라서 위치가 뜨지 않아."

한 번 격돌한 이후 가끔 가다 연락을 주고받기는 했었다. 사적인 건 아니고 게임에 관해서다.

그런데 오크로드 퀘스트를 앞둔, 일주일 전쯤부터 갑자기 차단당해 버렸다. 예상컨대 그녀도 지금 3차 전직을 하려고 동분서주하고 있을 것이다.

"연락할 방법은 없어요?"

"억지로 하려면 가능은 하지. 근데 딱히 그럴 필요 없잖아."

아무리 차단을 당했어도 연락을 하려 한다면 못할 것도 없다. 그냥 포가튼 플레이포럼에 '바하무트가 이사벨라를 찾는다'라고 글을 올리면 알아서 연락이 올 것이다. 그녀의 목표는 바하무트를 꺾고 랭킹 1위가 되는 것이니까.

"도와달라고 하면 안 돼요?"

"그렇게까지 하고 싶지는 않아. 부담스럽거든."

"다시 붙자고 할지도 모르겠네요."

이사벨라는 바하무트와 슈타이너처럼 어느 길드에도 소속되지 않은 채 혼자서 행동한다. 앞으로 계속해서 몇 번이고 싸울지도 모른다. 타마라스처럼 죽고 죽이려는 관계가 아닌, 순수하게 능력을 겨루는 선에서다.

실력 차이가 거의 없기에 큰 심력이 소모된다. 거기다가 구경거리가 되는 것이 별로이기도 하고.

"그럴지도."

시간은 조금씩 계속 흘렀다. 어느새 삼십만 대군의 행렬이 출발한 지 반나절이 흘렀다.

높은 상공에서 날아가던 바하무트의 시선 너머로 죽은 자들의 왕국이 웅장한 모습을 드러냈다.

"왔네."

"오늘은 이대로 야영하겠죠?"

"당연하다. 피로가 쌓인 상태에서 그대로 들어가면 미친 짓이지."

쉬지 않고 행군한 병사들과 유저 모두 지쳤을 것이다. 게임 이기에 육체적으로 지치진 않았겠지만, 정신적으로는 지친다.

"음산하군."

죽은 자들의 왕국은 어지간한 왕국 규모의 땅덩이를 자랑한다. 이곳은 사시사철 밤낮과 관계없이 언제나 어두웠다.

왕국의 국경을 기준으로 사방 1킬로미터 반경까지 다크니스 마법이 걸려 검은색의 구름이 둥둥 떠 있는 모습이었다. 들어가기 전에는 바깥에서 왕국의 내부를 투시하지 못한다.

이곳은 모든 종류의 언데드 몬스터가 출몰한다. 가장 하급 언데드인 좀비와 스켈레톤부터 상급 언데드인 듀라한, 레이스, 고스트, 데스 나이트 리치 등 모든 언데드가 사는 낙원이었다.

초입 부근은 초보자들도 충분히 사냥이 가능한 곳으로 인기 있는 사냥터다. 그럼에도 이곳을 금지라고 부르는 이유는 초입을 넘어서서 고위 언데드의 영지로 들어가는 순간 지옥이 시작되어서였다. 간혹 진입해도 십 분을 버티지 못한 채로 강제 로그아웃을 당해 제대로 공략이 되질 않았다.

초입은 그저 99레벨 이하의 하급 언데드만 출몰한다. 그리고 조금씩 영역을 넘어서면 어느 순간부터 100~199레벨의 상급 언데드가 최소 수십 마리 이상 소규모 부대로 묶여서 움직였다.

실력 좋은 포스 단위가 아니라면 눈 깜짝할 사이에 몰살당할 정도의 난이도를 자랑했다. 이는 비단, 죽은 자들의 왕국뿐만 아니라 다른 금지구역도 비슷비슷한 수준이다.

"내려가자."

"그래야겠죠?"

이제부터는 걸어가야 한다. 죽은 자들의 왕국 위를 날아다녔다간 온갖 상급 언데드의 표적이 될 것이다. 하늘을 날아다닐 수 있는 언데드 중 하급은 단 한 종류도 없었다.

전부 리치, 레이스, 고스트, 스펙터, 나이트 쉐이드 등의 짜증 나는 패턴을 지닌 악령계열만 수두룩했다.

전투라도 벌어지면 큰 소란이 일 테고 그 소란으로 고위 마족이 관심을 두고 찾아올 수도 있었다. 그 때문에 원정대의 후미에서 천천히 따라가려 했다.

"내일부터인가?"

"급한 건 형인데 왜 제가 더 떨리죠?"

"나도 떨려."

바하무트는 이번 원정 퀘스트에 시험 두 개가 걸려 있었다.

운이 좋아 아달델칸을 잡는다면 마지막 벨케루다인과의 대련을 끝으로 3차 전직이 되어 고룡으로 진화한다.

그렇다고 마지막 시험이 쉬울 거란 생각은 들지 않았다. 무엇이든 마지막이 가장 어려웠다.

"여유롭게 생각하자."

"잘되겠죠."

"그래, 그렇게 생각하면 되는 거다."

언제나 그래 왔던 것처럼 어렵긴 하겠지만 어떻게든 될 것이다.

* * *

슈슈슈숏!

꾸어어어!

슈타이너가 휘두른 창이 수십 개로 분열되며 사방에서 밀려드는 구울들의 머리통에 구멍을 내버렸다. 두 번은 필요 없었다. 그저 가벼운 찌르기 한 방에 씨 몰살을 당했다.

바하무트의 옆에 있어서 약해 보일 뿐이지 그는 포가튼 사가의 최고수로 구성된 대륙십강의 랭킹 4위 황금의 학살자였다.

"아, 긴장감 없네."

"경계만 넘으면 재미있어질 거다."

아직은 초입 부근이라서 99레벨 이하의 중, 하급 언데드만 출몰했다. 둘에게 있어서 중, 하급 언데드 따위는 그냥 단순 작업이었다. 덤비면 죽이고 또 덤비면 또 죽이고, 경험치도 미비하고 아이템도 좋지 않은 영양가 없는 사냥이다.

폭화 언령술 : 삼 조합 스킬.
일백 백(百), 불 화(火), 구슬 주(珠).
백화주(百火珠) : 백 개의 불꽃 구슬.

콰콰콰쾅!
바하무트를 중심으로 여러 개의 불꽃 구슬이 생성되더니 구울들 사이사이로 들어가 큰 굉음을 내며 폭발했다.
강력한 화력을 견디지 못한 언데드의 육체가 갈기갈기 찢어졌다. 잔인하기 그지없었으나 둘은 익숙한지 신경도 쓰지 않았다.

폭화 언령술 : 이 조합 스킬.
불타오를 첨(沾), 번질 람(濫).
첨람(沾濫) : 불타 번져라.

화르르륵!
붉디붉은 뜨거운 불꽃이 타오르며 바하무트의 전신을 태

웠다. 그리고는 빛이 사방을 훑듯 수십 미터 반경까지 퍼져
나갔다.

크에에에!

구울들이 불타오르며 비명을 내질렀다. 고통에 의한 비명
이 아니었다. 자신을 구성하는 육체가 사라진다는 두려움에
내지르는 마지막 발악이었다.

끝없이 타오르던 불꽃이 곧 수그러들며 휩쓸고 지나간 자
리에는 미약한 잿더미만이 남았다.

"이제 곧 초입을 벗어나겠군."

곧 경계선이었다. 그 증거로 아직 죽어서 강제 로그아웃된
유저들이 별로 없었다. 앞만 보고 달려드는 하급 언데드는 일
반 유저들로도 충분히 사냥할 수 있는 몬스터였다.

문제는 초입 부근을 넘어선 이후다. 100레벨 이상의 상급
언데드가 무리를 이뤄 출몰한다. 사망자가 속출할 테고 서민
유저들은 전부 이곳에서 퀘스트를 끝마치고 하루간의 휴식을
취하게 될 것이다.

조금씩 출몰하는 하급 언데드의 숫자가 줄어들었다. 이성
이 없어도 자신에게 허락된 구역의 한계를 느끼고서 멀어지
며 생긴 현상이다.

경계선을 넘어서면 데스 나이트와 듀라한, 레이스, 리치,
나이트 쉐이드 등 150레벨 이상의 시련등급 언데드가 유저들
을 맞이한다.

이때부터 실력 있는 유저라도 한 마리를 상대하는 게 고작이다. 그 이후 한 개의 구역을 통과할 때마다 작위를 지닌 마족의 영지를 지나쳐야 했다.

그 때문에 지금까지의 패턴이 습격의 형태였다면 얼마 지나지 않아 전쟁으로 바뀔 것이다.

"슬슬 쉴 타이밍이네요."

"무작정 밀고 나갈 수는 없으니까."

포가튼 사가는 세이브란 개념이 없다. 유저들이 휴식을 취하기 위해 로그아웃을 한 상태에서도 가상의 세상은 계속해서 시간이 흐른다.

상급 언데드의 영역에 들어서면 며칠 동안 그 영역 내에서 벗어나기 어렵다. 중구난방 식으로 로그아웃하면 30만 대군의 지휘체계가 엉망이 될 것이다. 그렇기에 하루에 한 번은 꼭 야영하면서 휴식 시간을 부여했다.

죽은 자들의 왕국은 예전 실제 NPC의 왕국이었던 곳을 통째로 언데드화시켜 버린 곳이다. 사람들이 머물던 마을과 건물, 귀족들이 머물던 성들이 아직도 흉흉하게나마 보존되고 있었다.

그리고 그런 성에는 최소 준남작에서 최대 공작등급의 작위를 지닌 고위 언데드들이 작은 왕 노릇을 하며 살아간다. 앞으로 삼 일 정도만 더 지니면 아달델칸의 백작령이 모습을 드러낼 것이다.

어마어마한 규모의 언데드 군단이 원정대를 기다리고 있겠지만.

"내일부터는 긴장 좀 타야겠네요."

"조심하는 게 좋긴 하겠지."

상급 언데드라도 둘에게는 한 방 감이다. 그래도 조심해서 나쁠 건 없었다.

언데드라고 다 썩어빠진 시체라고 생각하는 사람들이 분명 있을 것이다. 틀린 말은 아니다. 최하급을 구성하는 뼈다귀 스켈레톤이나 구더기 덩어리의 좀비를 보면 너무나도 징그럽고 더러워서 가까이 가기조차 싫을 정도니까.

언데드는 대부분 이성을 갖춘 생명을 재료로 자연적, 인위적으로 만들어진다. 자연적으로 만들어진다는 것은 원한을 지닌 채 죽은 시체가 음 차원의 마력에 노출되면 살아생전 지닌 능력에 따라 언데드의 등급이 결정된다는 의미다. 여기서 음 차원의 마력은 누가 직접 주입하는 기운이 말고 세상을 떠도는 순수한 마이너스 에너지다.

자연적으로 만들어지는 언데드는 반쯤은 자기가 원하여 죽은 자로나마 살아갈 마음을 지니고 태어난다. 그렇기에 아주 최하급이라도 정말 동물적인 본능 정도는 남아 있고, 이는 오래 살아가면 살아갈수록 발달한다.

희박하긴 해도 일반 스켈레톤으로 태어난 최하급 언데드가 수년, 수십 년, 수백 년의 세월을 거치면 워리어가 되고, 나이트가 되고, 제네럴이 될 수도 있었다.

그리고 만들어진다는 것은 누군가가 직접 시체를 가공하여 언데드로 만드는 것을 뜻한다. 자연적으로 만들어지든 인위적으로 만들어지든 처음 태어났을 때 지니는 힘은 살아생전의 능력에 의해 결정됐다.

그러나 누군가에 의해 인위적으로 만들어진 언데드는 이성이 지배받기 때문에 성장하지 못한다. 언데드가 무서운 점은 불사라는 것도, 고통을 못 느끼기 때문도 아니다. 바로 살아생전의 능력을 그대로 보유하고 있다는 점에서 비롯된다.

최하급이나 중급의 언데드는 잘 훈련된 정예병사라면 혼자서도 충분히 상대한다. 중급 정도 되면 조금 어려울지 몰라도 몇 명이 힘을 합치면 가능하다. 문제는 상급부터다.

자연적이든 인위적이든 어쨌거나 상급 언데드로 태어나려면 오러를 다룰 정도의 뛰어난 검사이거나 마도사급의 술사이거나 상급 몬스터 정도는 되어야 한다.

하나같이 만만한 존재들이 아니다. 포가튼 사가에서 살아가는 NPC도 상급 언데드라고 하면 기부터 죽는다.

징그러운 것은 점점 사라지고 전투에 적합한 모습으로 변하는 게 이때부터다. 더욱 무서운 것은 마스터나 그랜드 마스터에 오른 검사, 대마도사급의 술사, 숲 전체를 다스렸던 몬스터 수준의 시체가 언데드로 변한다면 그때부턴 재앙이라는 점이다.

살아 있을 때처럼 뚜렷한 이성을 지녀 자기 자신에 대한 모든 제어가 가능하다. 언데드이되 이성을 지닌 생명체로 변하는 것이다.

마족으로 치면 무조건 남작 이상의 고위 마족이었다. 이성을 지녔기에 수련을 쌓을 수가 있고 그 수련으로 더욱 강해질 수가 있었다.

스켈레톤 제네럴이 킹이 되고 듀라한이 듀라한 마스터가 되며 데스 나이트가 다크 나이트가 된다.

죽은 자들의 왕국 최고위에 속하는 언데드 마족들은 다 이와 같은 진화 과정을 겪거나 처음 태어날 때부터 강력했던 언데드로 구성됐다.

바하무트 일행과 타마라스의 원정대는 잘 모르겠지만, 마족 백작 아달델칸은 살아생전 마스터의 경지에 올랐던 데스 나이트였다. 그런 그가 수련에 수련을 거듭하여 그랜드 마스터의 경지에 오르게 되었다.

당연히 다크 나이트로 진화했고 그 공로를 인정받아 워리놈으로부터 백작의 작위를 부여받았다. 아달델칸은 바하무트의 생각보다 훨씬 더 강했다.

바하무트는 슈타이너와 합공을 하면 이기지도 지지도 않을 비슷한 실력이라 생각했지만 틀렸다.

둘이서 합공을 해도 이길 수 없었다. 이미 아달델칸은 몇 년 뒤에 후작으로의 승작이 정해졌다. 300레벨에 다가가고 있다는 증거였다.

아달델칸을 쓰러뜨리려면 적어도 바하무트와 동급의 강자가 필요했다. 그것조차 장담은 어렵지만 못해도 그 정도는 되어야 해볼 만했다.

포가튼 사가를 플레이하는 모든 유저 중에서 바하무트에 필적할 만한 실력을 지닌 강자는 단 한 명뿐이다.

대륙십강 랭킹 2위 소드 퀸 이사벨라.

그녀 정도는 되어야 바하무트와 힘을 합쳐 아달델칸을 상대할 수 있었고 현재 그녀는 죽은 자들의 왕국 내부에서 사냥 중이었다.

*   *   *

스아아악!

아름다운 긴 흑발의 여인을 중심으로 날카로운 진공파가 생성되며 미친 듯이 달려오던 스켈레톤 나이트들을 모조리 반으로 잘라 버렸다.

그러고도 힘이 남았는지 한참을 더 나아가다 사라졌다. 화려한 움직임 같은 건 없었다.

그저 간결하고 빠르게 작은 힘으로 큰 효과를 내는 그녀의 검술은 너무도 아름다웠다. 스켈레톤 나이트는 120레벨 분노 등급의 상급 언데드로서 결코 쉬운 상대가 아니었다.

잡기 따위는 쓰지 않고 오로지 검술 실력 하나만으로 싸웠기에 기초가 부족한 유저들은 피해갈 정도로 강력했다.

한 개 포스의 스켈레톤 나이트 부대다. 부대장으로 보이는 놈은 꽤 좋아 보이는 갑옷을 장착하고 있었다.

스켈레톤 제네럴.

170레벨 시련등급 상급 언데드였다. 장비가 출중한 유저들도 제네럴을 상대로는 승부를 장담치 못한다.

그러나 그녀는 다른 누구도 아닌, 소드 퀸이었다. 이사벨라가 파리를 쫓듯 가볍게 검을 휘둘렀다. 말 그대로 가볍게.

슈아아앙!

검에서 풍압이 일며 정면에 서 있던 스켈레톤 제네럴을 반토막 내버릴 기세로 압박했다.

콰쾅!

"막아?"

검이 깨져 나가고 뒤로 수십 보를 밀려나긴 했으나 스켈레톤 제네럴은 이사벨라의 검을 막아냈다.

죽은 자들의 왕국에 들어온 지 삼 일이 지났다. 그녀의 일격을 한 번이라도 막아낸 언데드는 스켈레톤 제네럴이 처음이다.

"높아졌어."

가볍게 휘둘렀다지만 자신의 검이 막혔다. 영역을 거쳐 갈수록 언데드의 역량이 강해지고 있었다.

슈슈슈슛!

검이 깨진 스켈레톤 제네럴의 공격은 그다지 위협적이지 않았다. 이사벨라는 조금 전 휘둘렀던 위력으로 서너 번을 연속으로 휘둘렀다.

한 번의 공격도 겨우 막았던 스켈레톤 제네럴은 연속된 공격을 막지 못했다. 철저히 부위가 중복되지 않는 식으로 수십 조각으로 잘리자 이내 생명력을 잃고 뼛가루가 되어 흩어졌다.

"들어갈까?"

평소처럼 쉽사리 정하기가 어려웠다. 더 깊은 곳으로 들어간다면 틀림없이 고위 언데드의 영지가 나올 것이다.

아직은 외각 부분이라 기껏해야 상급 언데드가 출몰하는 작은 마을들뿐이다. 그녀는 작위를 가진 언데드를 상대해 본 적이 있었다.

죽은 자들의 왕국과 같은 오대 금지구역에 속한 어둠의 미궁 30층에서 남작의 작위를 지닌 몽마형 마족하고 싸워봤다.

이기기는 했으나 쉽지 않았다. 그런 강한 마족이 직속 병력 수천을 대동하고 덤빈다면 죽음을 각오해야 한다.

"결정해야 해."

주변을 맴돌면서 상급 언데드만 잡을지 아니면 더 깊숙한 곳으로 들어갈지.

욕심 같아선 더 들어가고 싶은데 현실은 그리 만만치 않았다.

"293에 56%"

이번 죽은 자들의 왕국 퀘스트에 지원한 건 성공시 +3레벨이나 오르기 때문이다. 사냥도 조금 곁들여서 한다면 299를 달성할 수 있을 것이다.

그녀가 더 깊숙이 들어가고 싶어 하는 이유는 경험치가 너무 더디게 올라서다. 벌써 한 시간이 넘게 같은 자리에서 사냥했지만 1%도 오르지 않았다.

든든한 지원군이 필요했다. 파티의 필요성을 절실히 느꼈다. 문제는 그녀의 파티 사냥 경험이 손가락에 꼽을 정도로 적다는 점이다. 1차 전직을 했을 때부턴 언제나 혼자였다.

"어디서?"

지금쯤이면 원정대가 출발하여 죽은 자들의 왕국 내부로 들어섰을 것이다. 그렇지만 위치는 둘째치고 그녀 또한 타마라스와 엮이는 건 결단코 반대였다.

이사벨라는 한참을 고민했다. 그녀에게는 친구가 없었다. 아니, 있다.

"바하무트."

엄밀히 말하면 친구는 아니다. 그냥 한 번 싸워봤을 뿐이다. 그리고 생에 처음으로 남에게 져봤다.

이사벨라는 친구 찾기를 선택했다. 그녀 레벨 대의 유명인사라면 못해도 수백 명 이상의 친구가 등록되어 있어야 정상인데 그녀의 친구 찾기에는 두 개만 덩그러니 놓여 있었다.

"해제."

보름 전쯤 그를 차단했다. 싫어서가 아니다. 299레벨이 얼마 남지 않았기에 사냥에 집중하기 위해서였다.

"여기 있어?"

그녀는 바하무트의 차단을 해제하고 월드 맵을 오픈했다. 그런데 푸른색 점이 예상외로 가까운 곳에서 번쩍거렸다.

그것도 죽은 자들의 왕국 내부에서.

"가자."

먼저 말을 걸 자신감이 생기는 사람은 그가 유일했다. 그러니 가서 말하면 된다.

파티사냥 하자고.

*　　　*　　　*

무심코 지나치기에는 의아한 부분이 많았다. 왜냐면 같은 상황이 두 번이나 반복됐기 때문이다.

"뭘까?"

바하무트는 전방에 보이는 영지를 주의 깊게 관찰했다. 인간들의 기준에서 1만 명 정도를 수용할 수 있는 남작등급의 영지였다. 지금 저 영지 안에는 원정대의 일부가 들어가서 휴식을 취하는 중이다.

영지를 둘러싸고 있는 성벽 밑에는 수십만 대군이 각자의 진지를 구축하여 외부의 공격을 대비했다.

이번 영지에 도착하기 전에도 비슷한 규모의 영지를 한 곳 더 지나쳐 왔는데 그곳 역시 비워져 있었다.

두 영지의 규모라면 고위 언데드가 지키고 있는 게 정상이다. 그것도 1만 이상의 대병력을 지닌 채 말이다.

그런데 한 곳도 아니라 두 곳이나 텅 비어 있으니 바하무트로서는 의아할 수밖에 없었다. 왜 비워져 있을까? 영지를 지배하는 고위 마족과 휘하 병력은 대체 어디로 간 것일까?

"여기까지 오는데 반은 죽을 줄 알았더니 예상외로 많이 살아남았네."

"응?"

"언데드 귀족의 영지가 분포되어 있는 영역까지 들어왔는데도 이십오만이나 살아남았으면 정말 엄청난 거 아니에요?"

원정군의 전력은 거의 보존되어 있었다. 5만이 사라졌지만, 그 5만은 정예가 아니었다. 원정대에 포함되지 못해서 따로따로 떨어져 오거나 설사 포함되었다 해도 전력의 가장 최하위에 있는 유저들이었다.

생각해 보니 귀족 영지를 두 곳이나 지나쳐 왔는데도 전력이 줄어들지 않았다. 의심이 깊어져 갔다.

"슈타이너."

바하무트는 곰곰이 생각하다가 무언가 떠올랐는지 슈타이

너를 불렀다.

"네, 말씀하세요."

"네가 여기의 영주였다면 어떻게 했을까?"

"뭐가요?"

슈타이너는 뜬금없이 무슨 말이냐며 되물었다. 그에 바하무트가 차근차근 설명했다.

"네가 여기 영주야. 너한테는 만 단위의 병력이 있어. 그런데 수십만 대군이 쳐들어오고 있다는 소식을 들었다면 너의 선택은?"

"튀어야죠. 달걀로 바위 치는 건 바보들이나 하는 짓… 응?"

슈타이너의 머릿속에서 흩어졌던 퍼즐들이 맞춰졌다. 고위 마족이라도 고작 수천에서 수만의 병력으로 30만 대군을 막진 못한다.

그들은 몬스터가 아니라 이곳에서 살아가는 인공지능 NPC였다. 생각할 줄 알고 그 생각을 이용할 줄도 알았다.

지나친 영지 두 곳의 병력을 합치면 고위 마족만 둘에 삼만가까이 되는 병력으로 바뀐다. 적은 숫자는 아니라도 원정대와 비교하면 많다 보기도 어렵다.

그러나 다음번에 지나칠 자작등급의 영지도 비워져 있다면? 그리고 그 병력이 다시 합쳐져 아달델칸의 영지로 집결한다면? 총 네 개 영지의 언데드 군단이 한곳으로 집결하게 된다.

가정이 사실화된다면 고위 마족만 네 마리다. 아달델칸 한 마리로도 머리가 아픈데 네 마리라니.

더군다나 정면에서 맞붙는 게 아니라 수성전일 가능성이 컸다. 원정대에게는 공성전이 된다. 언데드 병력이 얼마나 될지는 몰라도 어림잡아 10만은 족히 되리라.

"와! 이것들이 머리 쓰네."

"바보가 아니니까."

"네 개 영지가 연합했다고요?"

"확실하진 않지만 그런 것 같다."

혼자서는 각개격파 당한다는 걸 알고는 빠르게 영지에서 후퇴해 자신의 직속 병력을 대동하여 아달델칸에게 합류한 것이다.

언데드 병력을 상대하거나 공성전을 해야 하기도 어렵지만 네 마리의 고위 마족을 대체 무슨 수로 이겨야 할지가 더 심각했다.

"형, 어떻게 하죠?"

고위 마족 네 마리면 승산이 없다. 바하무트 본인과 슈타이너, 타마라스와 국왕 전부가 힘을 합쳐도 이기지 못한다.

백작 한 마리에게만 최소 둘이 달라붙어야 하는데 그렇게 되면 타마라스와 국왕이 남은 세 마리의 마족을 감당해야 했다.

이것도 연합한다는 가정하에서다. 악연 중의 악연인 타마라스와 연합이 될 리가 없었다. 그럼 따로 싸워야 한다는 소리인데 답이 보이지 않았다.

"만약 예상대로 마족들이 연합했다면 그냥 공적치만 노리자."

"백작 포기하고요?"

"어쩔 수 없어. 고위 마족 네 마리는 못 이겨. 25만 대군이라도 몰살당한다."

고위 마족 네 마리가 원정대의 한복판에 떨어지면 그야말로 지옥이다. 사방이 적이니 보이는 대로 쳐 죽일 것이다.

언데드 군단의 보호를 받으면서 치고 빠지는 전략을 쓰면 절대로 잡지 못한다. 공성전도 문제였다. 사다리를 오르기도 전에 죽을 것이다.

대규모 언데드 군단 속에는 하늘을 자유자재로 날아다니는 마법, 악령계열 언데드도 수두룩할 테니까.

"타마라스 새끼 골 깨지는 소리가 여기까지 들리네."

무슨 생각을 하고 있는지는 몰라도 퀘스트의 실패보단 성공이 좋다. 지금쯤 타마라스는 원정대의 코어를 관리하는 코어장들과 모여 있을 것이다.

실제로도 그랬다. 비어버린 건물 속에서 이번 원정대를 지휘하는 수뇌부가 앞으로의 계획에 관하여 서로 의논하는 중이었다.

그들도 바하무트처럼 영지를 버린 고위 마족들이 아달델칸의 영지로 가서 합병했을 것으로 생각했다. 그러므로 거기에 초점을 맞춰 전략을 짰지만 쉽게 답이 나오지 않아 전전긍긍하고 있었다.

평원 등의 확 트인 곳에서 행해지는 전쟁이었다면 병력의 우위로라도 밀어붙였을 텐데 그건 무리였다. 이곳은 원정대에게는 익숙하지 않은 지형이지만 언데드에게는 익숙한 고향이다.

성을 뚫어야 한다는 압박감과 고위 마족들을 한 번에 상대해야 한다는 문제가 복합적으로 적용되어 수뇌부를 쥐어짰다.

"그래도 저희는 따로 움직여서 공적치 많이 쌓였을걸요."

"내 예상으론 타마라스를 제외하면 2, 3위일 거야."

"길드장이 좋긴 좋네. 손가락 하나 까닥 않고 공적치만 날로 처먹고. 재수 없는 새끼."

길드장이나 퀘스트의 사령관급은 유저들이 잡는 경험치와 공적치의 극소량을 배당받는다. 몬스터 한 마리당 개미 눈물만큼이다.

그러나 수만, 수십만 대군에게 받는다면 적은 양이라도 기하급수적으로 증가한다. 이쯤이라면 1레벨이 상승했을지도 모른다.

바하무트와 슈타이너가 열심히 잡아도 우두머리를 잡거나

타마라스가 죽지 않는 한, 1위는 물 건너갔다.

"아오! 타마라스 개자식! 퀘스트 실패하면 레벨 떨어질 텐데 미치겠네."

퀘스트에 실패하면 ─2레벨이 떨어진다. 바하무트는 297이 된다. 그러면 3차 전직 퀘스트가 저절로 취소된다. 이런 상태라면 반드시 성공해야 할 퀘스트에서 반드시 실패할 퀘스트로 바뀐다.

띠띵!

> **ㅋ□□□미터 반경에 친구가 들어왔습니다.**

"응?"

바하무트는 갑자기 울리는 알림음에 의문을 표했다.

"왜요?"

"삼백 미터 반경에 친구가 들어왔다네."

"어라? 형 친구 추가된 사람 저 포함 열 명도 안 되잖아요."

"잠깐만."

바하무트는 월드 맵을 오픈시켜 죽은 자들의 왕국 쪽으로 지도를 확대했다. 푸른색 점 하나가 다가오고 있었다. 천천히 걷는 속도지만 고작해야 300미터 거리라면 못해도 5분 내로 도착할 것이다.

"어?"

바하무트는 푸른 점에 달린 이름을 보고는 눈을 동그랗게 떴다.

"누구예요?"

"소드 퀸."

"헉! 이사벨라 님이요?"

"웅, 온다."

이야기하는 도중에도 점점 거리가 가까워졌다. 이윽고 이사벨라가 서서히 모습이 드러냈다.

"와! 언제 봐도 예쁘네요."

여자치고는 큰 170센티미터의 신장, 모델도 울고 갈 완벽한 몸매는 보는 이들에게 감탄을 가져다줬다. 새하얗고 아름다운 얼굴에는 차가운 무표정만이 가득했으나 그 또한 그녀의 매력이다.

"이사벨라 님, 안녕하세요?"

"네, 슈타이너 님. 오래간만이네요."

슈타이너가 방긋방긋 웃으며 말을 걸었고 이사벨라는 화답했다. 모르는 유저들이 봤다면 부러워서 죽으려 했을 것이다.

이사벨라는 자신이 모르는 유저나 편하다고 생각하는 유저가 아니면 굳이 말을 하지 않고 고개를 끄덕이는 선에서 마무리한다.

그런데 슈타이너에게는 화답했다. 그에 대한 인상이 좋다는 것을 보여주는 모습이다.

　"여기까진 무슨 일이신지?"

　바하무트는 이사벨라가 자신에게 볼일이 있다고 생각했다. 그렇지 않고서야 구석진 곳에 만든 야영지를 왜 찾아왔겠는가?

　"티… 요."

　"무슨?"

　"파… 티… 해요."

　"파티를 말하는 겁니까?"

　바하무트와 슈타이너는 목까지 빨개진 채로 말하는 이사벨라를 보며 뜻밖이란 표정을 지었다. 그들이 알기로 이사벨라는 파티를 안 하기로 유명한 유저였다.

　단 한 번도 파티하는 걸 봤다는 유저들이 없었다. 그런 그녀가 먼저 다가와서 파티를 권유하다니.

　만약 다른 남자 유저들이었다면 침을 무더기로 흘리면서까지 무조건 허락했을 것이다.

　'흠.'

　바하무트는 그녀가 파티를 원하는 이유를 알 것 같았다. 자신도 얼마 전 그런 적이 있어서다.

　"조급하군요."

　"……."

"저와 레벨 차이가 얼마 나지 않는 걸로 알고 있습니다. 한 5~6이었나? 3차 전직 때문에 그러십니까?"

"네."

이사벨라는 솔직히 대답했다. 천천히 사냥하면 일주일 안에 299를 달성한다. 그럼에도 하루 빨리 3차 전직을 하고 싶었다.

조급했기 때문이고, 그 조급함의 원인은 바하무트였다. 그라면 벌써 레벨 299를 달성하고 3차 전직 퀘스트를 보고 있을 것이다. 지금도 못 이기는데 3차 전직을 하고 앞으로 달려 나가면 영원히 못 이긴다.

"하죠."

"정말인가요?"

"정말입니다."

바하무트는 그녀의 파티 제의를 흔쾌히 허락했다.

'가능하다.'

소드 퀸이라는 절대강자가 도와준다면 퀘스트에 성공할지도 모른다. 그리되면 3차 전직의 두 개가 해결된다.

"이사벨라 님도 퀘스트를 받으신 겁니까?"

"네."

"상황이 굉장히 복잡합니다. 알고 계십니까?"

"몰라요."

이사벨라는 퀘스트를 받은 즉시 원정대보다 먼저 죽은 자들의 왕국으로 출발했다. 그러다가 깊은 곳으로 가기에는 무리라고 판단했고 유일하게 친구 추가가 되어 있던 바하무트를 찾아온 것이다.

그러한 그녀가 원정대의 상황에 대해서 알고 있을 리가 없었다. 현재 그녀의 뇌리 속은 온통 레벨업으로 가득 채워져 있었다.

"일단 파티부터 드리겠습니다."

> **바하무트 님이 이사벨라 님을 파티에 초대하셨습니다.**

이사벨라는 파티를 수락하자 파란색 점이 초록색 점으로 바뀌며 월드 맵 한쪽에 세 개의 점이 깜빡거렸다.

소드 퀸 이사벨라의 합류.

이 작은 파티에 대륙십강의 랭킹 1, 2, 4위가 모였다. 한 명, 한 명이 만부부당의 능력을 지닌 강자다.

'후! 다행이다.'

바하무트는 안도의 숨을 내쉬었다. 그녀가 합류함으로써 대처할 수 있는 경우의 수가 현저하게 늘었다.

"그러니까……."

그는 이사벨라에게 현재 상황이 어떻게 돌아가는지 설명하기 시작했다.

　　　　*　　　*　　，　*

　바하무트는 눈앞에 보이는 광경에 확신했다. 지나쳐 온 두 곳의 영지를 합한 것만큼 거대한 영지가 텅텅 비어 있었다. 자작 정도가 다스릴 만한 규모였다.

　인간들의 영지도 아니고 죽은 자들의 왕국 내부에 존재하는 언데드 영지가 비어 있다는 건 말도 안 됐지만 엄연한 현실이었다.

　"휘하 병력이 삼만은 되겠는데요?"

　"아무래도 언데드는 죄다 병사니까."

　인간은 여자도 있고 아이도 있고 노인도 있다. 그러나 언데드는 그러한 개념이 없다. 영지를 구성하는 모든 종류의 언데드는 뛰어난 정예 병사였다. 이 세 곳의 병력을 합치면 족히 5만 이상의 군단이 쉽게 만들어진다.

　"아달델칸의 영지 병력까지 합치면……."

　"병력도 만만치 않네."

　고위 마족만 조심하면 될 줄 알았는데 생각보다 병력이 많았다. 더군다나 성을 지키는 상대와 공성전을 펼쳐야 하기에 25만 대군이라도 위태위태했다.

　아니, 오히려 불리했다. 적은 잠도 식사도 휴식도 모두 필요 없는 언데드다.

　그에 반해 원정대는 유저와 NPC로 이루어졌다. 먹어야 하고 쉬어야 하고 자야 한다. 핸디캡이 명백했다.

　최고 수뇌부의 수준 차이도 너무 심했다. 적에게는 상급 마족이 수십은 될 것이다. 상급 마족은 199레벨이다. 그것도 하나같이 시련, 악몽등급이다.

　바하무트 일행이 포함된 원정대라면 걱정할 것 없겠지만, 따로 행동하고 있기에 엄밀히 말하면 같은 편이 아니라 서로 적이었다.

　퀘스트의 진행 상황과 앞으로 닥쳐올 위기 등에 대해 자세히 설명을 들은 이사벨라는 빠르게 정보를 조합했다. 그녀는 복잡한 상황에 관해서 관심이 없을 뿐이지, 한 번 듣고 이해한다면 누구보다도 훌륭한 판단을 내릴 만큼 명석했다.

　"고위 마족 네 마리가 직속 병력을 대동하고 힘을 합쳤단 소린가요?"

　"그렇다고 보시면 됩니다."

　이사벨라는 공성이니 수성이니 같은 건 관심 없었다. 그런 건 원정대를 꾸린 자들이 알아서 처리할 일이다.

　'마족……'

　그녀는 고위 마족들에게 관심이 생겼다. 그것들만 잡는다면 단번에 299를 달성할 수 있었다. 또한, 강하다는 말이 호기심이 자극했다. 바하무트는 상념에 잠겨 있는 이사벨라를 보고 말했다.

　"고위 마족을 상대해 본 경험이 있습니까?"

"남작 계급의 몽마 하나를 죽인 적이 있어요."

"몽마? 혹시 어둠의 미궁?"

"가보셨나요?"

"40층에서 자작 작위를 지닌 데몬을 잡은 적이 있습니다."

이사벨라가 놀란 눈으로 바하무트를 쳐다봤다. 그녀는 30층에서 한계를 느끼고 포기했다. 어둠의 미궁은 한 번 들어가면 죽어서 나오거나 텔레포트 스크롤을 사용해야 한다. 그리고 다시 들어가려면 무조건 일 층부터 깨야 했다.

물약 등의 보조물품이 내려가면 내려갈수록 떨어져서 도저히 30층부터는 클리어하기가 어려웠다.

그런데 바하무트는 30층에서 10층이나 더 내려갔단다. 그 많은 고위 마족을 전부 잡았단 말인가?

"슈타이너와 같이 갔습니다."

"아!"

이사벨라가 이해했다는 듯 짧은 탄성을 토해냈다. 슈타이너와 같이 갔다면 가능하다. 그 역시 강력한 랭커였다.

"40층부터는 자작등급의 고위 마족이 랜덤으로 출몰합니다. 종류는 제각각 다르지만, 저와 슈타이너가 상대했던 마족은 가장 강한 축에 속하는 데몬 계열이었습니다."

"강했나요?"

"둘이 달려들어서 겨우 잡았습니다. 거기서 모든 보조물품을 소모하고 돌아왔습니다."

바하무트는 그녀에게 자신들이 알고 있는 마족의 강함을 설명해 주는 것도 나쁘지 않다고 생각하고는 말을 이었다. 남작등급은 대륙십강의 하위 랭커와 비슷하고 승작할수록 상대하기가 점점 버거워진다고.

"음."

이사벨라는 사실이라고 생각했다. 남작등급의 몽마를 죽일 때 느꼈던 강함을 떠올리면 신빙성은 충분했다.

"저희로는 아달델칸을 포함한 마족 네 마리를 잡지 못합니다. 방법을 찾아야 합니다."

"유인하면 되지 않나요?"

"유인이요?"

이사벨라는 확실하진 않지만 어쩌면 가능할지도 모른단 생각에 속내를 꺼냈다.

"포가튼 사가 스토리에 따르면 용족과 마족은 용마전쟁을 벌일 정도로 앙숙이라고 했어요. 우리 파티에는 용족만 둘이고요. 기운을 느끼면 찾아올지도 몰라요."

"하지만 원정대에도 용족 유저가 있습니다."

"잡을 가치가 없는 것과 가치가 있는 건 엄연히 다르죠."

"가치라."

바하무트는 가치라는 말에 주목했다. 혼자서도 다른 용족 유저 전부를 죽이는 게 가능하다. 그만큼 그의 존재는 독보적이었다.

"좋습니다."

한번 시도해 볼 만한 일이기는 했다. 원정대에도 용족이 끼어 있기는 해도 아직 2차 전직도 못한 성룡들이었다. 고위 마족의 눈에는 핏덩으로 보일 테니 잡을 가치가 없을 것이다. 아무리 사이가 좋지 않아도 자존심이란 게 있었다.

"그러다가 다 몰려오는 거 아니에요?"

슈타이너가 진담 반, 장난 반 섞어서 말했다.

"너의 말대로면 다 죽겠지. 하지만 그렇게는 못할 거다."

"원정대의 국왕과 타마라스 때문에요?"

"응. 그 녀석들을 상대할 전력은 남겨놔야 하니까."

모든 고위 마족이 바하무트의 파티에 붙으면 원정대를 상대할 전력이 사라진다. 모르긴 몰라도 최소한 두 마리는 남겨놔야 언데드 군단이 패퇴하지 않을 거다.

"가장 좋은 경우의 수가 뭘까?"

"아달델칸이 얼마나 강하냐에 달렸겠죠?"

"슈타이너. 작등급남 마족 둘을 상대로 얼마나 버틸 수 있겠어?"

슈타이너는 짧게 생각하고는 말했다.

"수준은요?"

"어둠의 미궁 35층에서 내가 죽였던 뱀파이어 정도로 할까?"

"어후! 그러면 한 30분 버티려나? 그놈 더럽게 강했잖아요.

남작 주제에 레벨도 260이나 되고."

유저든 몬스터든 NPC든 강함의 척도를 재는 데 가장 중요한 것은 레벨이다. 그러나 몬스터와 NPC는 같은 레벨이라도 등급에 따라서 또 그 강함이 나뉜다.

어둠의 미궁 35층에서 상대했던 뱀파이어는 좌절(보스)급 중에서도 가장 강한 편이었다. 과거의 슈타이너는 그 뱀파이어 마족과 싸워 패배했다.

결국, 바하무트가 나서서 죽였다.

물론 그때의 슈타이너는 고작 230레벨에 불과했다. 지금은 270레벨 가까이 돼서 일대일이라면 고전 끝에 이기겠지만 두 마리라면 절대 오래가지 못한다.

"아달델칸이 포함되지 않은 구성이면 세 마리도 감당할 수 있다."

"포함되면 남작 한 마리 정도밖에 감당 못합니다. 자작은 무리예요, 무리!"

이사벨라는 다가올 전투에 대해 계속해서 의논하는 둘을 보며 잠시나마 부러움을 느꼈다. 저 둘은 등 뒤를 맡길 수 있는 믿음과 의리로 똘똘 뭉쳤다.

문득 자신도 그런 사람이 있으면 좋겠다고 생각했다. 그러나 지금까지도 찾지 못했다. 여자들은 언제나 그녀를 질투했고 남자들은 어떻게든 꾀어보려고만 했다.

포가튼 사가에서도 똑같았다. 초보자 시절, 몇 번이나 도와주던 유저들을 보며 고마워하다가도 속셈을 알면 너무 추악하고 더러웠다.

그렇기에 파티도 하지 않고 친구도 사귀지 않았다. 그러다가 처음 친구 추가를 한 사람이 바하무트였다. 좋다거나 보고 싶다거나 하는 감정은 아니다.

그냥 믿을 만한 사람을 봤다는 신기함에서 용기를 내어 친구를 맺었다. 그리고 그는 지금까지 그녀를 실망시키지 않았다.

"아달델칸이 오면 저와 바하무트 님이 합공을 하는 건가요?"

"맞습니다."

"다른 고위 마족을 끌고 오면 슈타이너 님이 상대하고요?"

"네."

딱히 대단한 전략은 아니다. 그냥 몇 가지 상황에 어떻게 대처할지에 관한 간단한 생각이다. 솔직히 이것도 바하무트 일행이 강하기에 가능하지, 보통의 유저라면 애당초 상상조차 하지 못할 일이다.

"아달델칸이 검을 쓴다고 했죠?"

"네. 아마도 등급을 보면 다크 나이트일 것 같습니다."

"아."

"마음은 알지만 이기지 못해요. 죽습니다."

바하무트는 이사벨라의 표정을 보며 안 된다고 못 박았다.

그녀는 강한 자와의 대결을 즐긴다. 검을 쓰는 자는 특히 더 좋아한다. 본인이 검을 쓰기 때문이다.

인간이든 유저든 몬스터든 가리지 않는다. 그렇기에 그녀는 지금 아달델칸과 혼자서 싸워보고 싶어 했다.

하지만 무리였다. 그녀의 실력으로는 자작등급의 마족과도 결과를 장담하지 못한다. 하물며 백작이면 말할 필요도 없었다.

자신의 부족함을 알고서도 덤비는 건 용기가 아니라 미련한 짓이다. 진짜 용기 있는 사람은 다음번에 이기기 위해 지금을 참는 자다.

"알겠어요."

"감사합니다."

"그런데 혹시 299에 도달하셨나요?"

"네. 일주일 전쯤에 찍었습니다."

이사벨라는 바하무트가 먼저 299에 도달하는 소리를 듣고는 입술을 깨물며 말했다.

"3차 전직, 어렵나요?"

"도와주는 사람이 없다면 혼자서는 거의 불가능하다고 보시면 됩니다."

단호함이 느껴지는 말투에 이사벨라는 전직 난이도에 대하여 어렴풋이 짐작했다.

"저의 시험 과목 중 한 가지가 백작등급 마족을 잡는 겁니다."

"그렇다면 파티를 못하잖아요."

전직 퀘스트를 하는 데 파티를 할 수는 없었다. 이게 가능하다면 온갖 꼼수가 난무할 테니까.

"아달델칸을 잡는다면 제가 최소한 반 이상의 피해를 주고 마지막 숨통을 끊어야 합니다."

"저와의 데미지 승부에서 이길 자신이 있다는 소리인가요?"

"이사벨라 님의 검은 빠르고 간결해서 상대하기가 어렵습니다. 데미지도 당연히 강하고요. 하지만 그것은 종합적인 면에서입니다. 순수 데미지만 따지면 제 반에도 못 미칩니다."

이사벨라는 순순히 인정했다. 불을 이용하는 그의 스킬 데미지는 상상을 초월한다. 특히 사 조합 스킬은 제대로 맞는다면 한 방에 즉사다.

"마지막은 어쩌시려고요?"

"그건 양보해 주시면 안 될까요?"

"잘 해결되면 저와 대결해 주세요."

이사벨라는 그가 3차 전직을 하게 되면 이길 수 없다는 것을 느꼈다. 수치상으로는 299레벨과 300레벨이지만 그 1레벨에서 엄청난 차이가 벌어진다. 199레벨 몇 명이 달라붙어도 200레벨 유저를 하나를 못 이기는 것처럼 압도적으로 강해질 것이다.

그래서 더 벌어지기 전에 마지막으로 붙어보고 싶었다. 이 퀘스트가 끝낼 때쯤이면 자신의 레벨도 299일 테니 조건은 동등하다.

"여유가 되면 해드리겠습니다."

'아마 안 되겠지만.'

바하무트의 직업 특성상 모든 능력을 발휘하면 전투력이 대폭 하락한다. 설사 아달델칸을 잡더라도 대결을 하진 못할 거다.

굳이 알리지는 않았다. 어떻게 반응할지 모르기에.

＊　　　＊　　　＊

원정대의 대형 막사에는 코어를 운용하는 코어장 십여 명이 모여 서로 의견을 주고받았다. 그들은 하나같이 검은색 악마 모양의 마크를 달고 있었다.

바로 타마라스의 검은 악마 길드를 지탱하는 십이간부였다. 가장 상석에는 타마라스가 오만한 표정으로 앉아 회의를 주관했다.

"이젠 확실하단 말이지?"

"예! 두 영지까진 혹시나 했지만 확실합니다. 네 개의 영지가 병력을 하나로 합쳤고 그 병력은 아달델칸의 영지에 집결해 있을 겁니다."

"고위 마족이 네 마리라고?"

"그, 그렇습니다!"

아달델칸 한 놈도 골머리가 아팠다. 백작등급 마족을 어떻게 하면 상대할 수 있을까 고민에 고민을 거듭했다.

그런데 네 마리란다. 게다가 휘하 병력을 전부 데리고 아달델칸에게 붙었단다. 간부들과 상의를 하니까 예상 언데드 병력이 10만이라는 결론이 나왔다. 십만 언데드 군단에 고위 마족 네 마리라면 준남작 정도의 상급 마족도 수십은 넘을 것이다.

"크크크크!"

꿀꺽!

십이간부는 숨 막히는 긴장감에 침을 삼켰다. 기분 좋아서 웃는 게 아니었다. 저건 어이가 없을 때 나오는 웃음이었다. 그동안 옆에서 그를 지켜봤던 간부들은 알 수 있었다.

'실패다.'

대체 무슨 수로 고위 마족 네 마리와 10만 언데드 군단을 잡는단 말인가? 25만 대군을 앞세워 수적 우위로 밀어붙이려는 생각도 해봤다.

"큭! 연합? 몬스터 따위가 연합?"

언데드는 군단의 구성은 원정대만큼이나 훌륭하다. 병사들과 마법사들 심지어는 비행이 가능한 공중 전력도 있었다.

아마 수천의 상급 언데드가 상공을 배회할 터다. 고위 마족

네 마리가 상급 언데드와 함께 원정대를 공격한다면 어떻게 될지는 안 봐도 뻔했다.

"퀘스트는 실패한 걸로 생각한다."

십이간부의 눈빛이 번뜩였다. 그들의 진짜 목적은 퀘스트가 아니었다. 퀘스트는 눈가림일 뿐이다.

"되도록 첫 번째로 가는 게 좋겠지. 일단은 죽을 각오로 전력을 기울인다. 국왕 새끼가 눈을 시퍼렇게 뜨고 있으니 어쩔 수 없지. 잘 안 되면 두 번째로 간다."

"알겠습니다!"

"퀘스트 자체는 실패할 테지만 우리 계획은 무조건 성공한다. 방법이 뭐가 되느냐가 문제일 뿐."

십이간부는 아무 말도 하지 않았다. 잠시 말을 끊은 타마라스의 입술이 다시금 움직이려 했기 때문이다.

"날 따라온다면 부귀영화를 누리게 해준다. 아마도 한 명, 한 명이 지금의 나만큼 누리게 될 것이다."

부귀영화라는 말에 십이간부의 눈동자가 탐욕으로 가득 찼다.

'쓰레기들.'

자신에게 억압받으면서 길드 생활을 하고 있다지만 애당초에 검은 악마 길드에서 쓰레기가 아닌 자는 없었다.

비매너를 해도 아무 제재를 가하지 않는 길드가 검은 악마 길드였다. 더군다나 그런 쓰레기 중에서도 십이간부는 꽤 유명했다.

'크크크크! 하지만 내가 제일 쓰레기지.'

그리고 그런 십이간부의 정점에 올라 검은 악마 길드를 만든 자가 바로 그였다. 어차피 현실이나 가상이나 힘이 곧 진리이고 법이다.

아니라고 말하면 짓밟아서라도 되게 하면 된다. 짓밟아서 안 되면 죽여서라도 되게 하면 된다. 그게 타마라스의 논리였다.

'반드시 성공한다.'

모든 것을 얻느냐, 아니면 뺏기느냐가 이번 퀘스트에, 아니, 계획에 달려 있었다.

*　　　*　　　*

이야기를 다시 한 번 되짚어보자. 본래 아달델칸의 영지로 가려면 세 곳의 언데드 영지를 지나쳐야 한다.

그 말은 세 마리의 고위 마족을 죽여야 한다는 뜻이다. 두 곳의 영지는 각각 일만 정도를 수용할 소도시 규모였고 마지막 세 번째 영지는 족히 3만 정도를 수용할 꽤 큰 중소도시 규모의 영지였다.

특별한 변수가 생기지 않는 한 원정대는 그 세 곳의 영지를 지나며 길을 뚫기 위한 전쟁을 치렀어야 했다.

그런데 도착하는 영지마다 텅텅 비워져 있었다. 말 그대로다. 그 넓은 영지에 흔한 좀비 한 마리도 없었다. 오로지 언데드가 상주했다는 흔적만이 어렴풋이 남아 있을 뿐이었다. 지닌바 실력이 부족하거나 생각 없는 유저들은 죽지 않고 오래 버텨서 좋기만 했다.

그들의 감정 상태를 헐뜯을 생각은 없었다. 오래 버틴다는 것은 죽지 않고 살아 있다는 증거였고, 퀘스트에 성공해 보상을 받을 확률이 올라갔단 뜻이니까.

하지만 머리가 돌아가는 유저들의 생각은 정반대였다. 원래 있어야 할 곳에 찾는 무언가가 없다면 사람은 당황하게 마련이다. 당연히 찾기 위해 노력할 테고, 나중에는 아예 잊어버리거나 시간이 지나서야 찾게 된다.

유저들은 세 곳의 영지에서 자신들을 기다렸어야 했던 언데드 군단을 잃어버렸다. 어디로 갔는지, 숨었는지 도망쳤는지 도무지 알 수가 없었다. 덕분에 원정대의 전력이 그대로 보존됐다.

처음 30만에서 아달델칸의 영지까지 오는 데 고작해야 서민 유저 5만 정도가 희생되고 25만 대군이 남았다.

하나같이 1차 전직을 넘어서 최소 150레벨 대에 이른 중수 이상으로만 구성된 정예였다. 아카벨트 국왕의 직속 병력 10만도 하나같이 정예 병사다.

그들은 자신감에 가득 찼다. 25만의 정예대군이라면 아달델칸이 강해도 충분히 쓰러뜨려서 퀘스트를 완료할 수 있다고 생각했다.

다구리에 장사 없다는 표현이 괜히 생긴 게 아니다. 유저들은 자신감 넘치게 진군했다. 저기 보이는 작은 둔덕만 넘으면 국왕이 말했던 마족 백작 아달델칸의 영지가 나올 것이다.

쿵쿵쿵쿵!

뿌우우우!

대군의 행렬에 땅이 흔들렸고 나팔을 불고 깃발을 흔들며 사기를 북돋았다. 조금만, 조금만 더 가면 된다. 드디어 둔덕을 넘었다.

저 멀리 아달델칸의 영지가 보였다. 꽤 거대했다. 보통의 영지들과는 다르게 전투에 적합한 요새처럼 실용적으로 구성되어 있었다.

그래도 상관없었다. 원정대의 인원은 25만이다. 제아무리 성이 튼튼해도 25만 대군을 막지 못한다. 막지 못할 거다. 막지 못할까? 막을 수 있을 것 같다.

"아……."

"저거 몇 마리냐?"

"설마 저기에 다 몰려 있는 거야?"

아달델칸의 영지를 전체를 둘러싼 튼튼한 성벽 위로 셀 수도 없을 만큼의 언데드가 빼곡하게 자리 잡고 있었다.

지나쳐 온 세 곳의 영지에서 잃어버린 유저들의 언데드가 한곳에 모여 있는 광경은 가히 장관이었다. 대체 숫자가 얼마나 되는지 세기도 어려웠다.

어둠침침한 성벽 위의 상공에는 수천 마리의 마법, 악령계열의 상급 언데드가 구름처럼 뭉쳐서 돌아다녔다.

끼아아아!

크아아아!

그것들은 소름 끼칠 만큼 두려운 귀곡성을 내지르며 원정대를 위협했다. 그게 끝이 아니었다. 성벽 너머 보이지 않는 공간에서 짐승이 울부짖는 살기 어린 괴성이 지속 적으로 유저들의 귓속을 파고들었다.

"제길! 성벽에 보이는 것들만 삼만 되겠구나."

헌터 계열로 보이는 유저가 특유의 스킬인 정보 탐색으로 언데드 군단을 훑어보더니 어이가 없다는 투로 말했다.

이미 원정대에서 정보 탐색이나 그 비슷한 스킬을 보유한 유저들은 언데드 군단의 저력이 얼마나 되는지 관찰하는 중이었다. 그리고 탐색을 끝낸 유저들의 마음속 깊은 곳에서 내뱉은 생각은 모두 비슷했다.

'수적 우위로 밀어붙이기는 어렵다.'

성벽에 올라가 있는 언데드는 사람이 아니다. 식량도 휴식도 필요 없다. 저 상태 그대로 몇 날 며칠을 유지할 수 있는, 불사 그 자체였다. 두려움도 없고 인정도 없는 오로지 적의 죽음만을 바라는 살인귀였다.

언데드 군단 사이사이에는 상급 언데드들이 중요한 위치마다 한 개 포스 단위로 배치되어 있었다.

어렵게 성벽을 타 넘고 올라가도 썰려 죽을 것이다. 어쩌면 오르기도 전에 죽을지도 모르겠다. 그야말로 기가 죽어버리는 상황이다.

그리고 그러한 엄청난 광경을 바하무트 일행도 먼 거리에서 두 눈으로 똑똑히 확인했다.

*   *   *

"엄청나군."

"생각보다 더 심하네. 와! 하늘 보소. 엑소시스트 뺨 싸대기 후려치겠네."

바하무트는 언데드 군단을 보며 할 말을 잃었다. 주의해야 할 것은 고위 마족뿐이라고 생각했는데 예상이 완전히 빗나갔다. 저 정도의 언데드 군단이라면 25만 원정대와 정면에서 붙어도 밀리지 않을 전력이다.

더욱이 들려오는 괴성과 비명으로 볼 때, 여러 종류의 언데드도 있는 것 같은데 성 내부에서 대기하는지 보이지가 않았다.

아무래도 성벽에 올라갈 수 있는 숫자에 한계가 있어서 그런 것 같았다. 자리가 비워지면 바로바로 충원될 것이다.

언데드 군단의 최고 수뇌부인 고위 마족들은 아직 모습도 드러내지 않았다. 그런데도 위용 하나로 유저들의 사기를 꺾어버렸다. 대체 저걸 어떻게 뚫어야 하는지 감도 안 잡혔다.

"어? 형, 저거 국왕 아니에요?"

"응?"

슈타이너가 대뜸 손가락을 뻗으며 한 지점을 가리켰다. 그곳에는 화려한 갑옷을 장착한 노인이 십만 병사의 호위를 받으며 조금씩 아달델칸의 성으로 접근하고 있었다.

퀘스트의 주체이자 다모스 왕국의 국왕인 다모스 폰 아카벨트 4세였다.

"시나리오군."

"그럼 이제 전쟁 시작이네요."

전쟁은 유저들이 하고 싶다고 하고 하기 싫다고 미룰 수 있는 게 아니다. 퀘스트의 주체가 나서서 시나리오대로 몇 마디 날려주면 잠시 휴식을 취하고는 곧바로 전쟁이 시작된다.

작전을 더 짜고 싶고 죽기 싫은 마음은 이해하지만, 저 노인의 한마디에 10만 병력이 진군할 것이고 그러면 유저들도 싸워야 했다.

"아달델칸!!"

귀곡성만 울려대는 평원에 노인의 목소리라곤 믿지 못할 우렁찬 외침이 터져 나왔다. 아카벨트 국왕이었다. 그는 계속해서 아달델칸을 불렀다.

그러자 신기하게도 시끄럽게 울어 재끼던 언데드들이 돌연 쥐 죽은 듯이 조용해졌다. 유저들은 긴장했다. 아달델칸이라는 마족 백작이 모습을 드러낼 거란 걸 알아서다.

"나와라!! 아달델칸!!"

히히히힝!

멀리서 말의 울음소리가 들리며 팬텀 스티드가 빠른 속도로 날아왔다. 위에는 온통 칠흑빛의 갑주로 전신을 무장한 다크 나이트 한 마리가 타고 있었다.

그가 바로 언데드 군단의 총사령관 아달델칸이었다. 거대한 대검을 등 뒤에 맨 그의 모습은 보통의 다크 나이트와 비슷했다. 그저 약간 붉은빛이 감돈다고 해야 할까? 그것을 제외하면 별다른 특색은 없었다.

"아달델칸!"

"팔 하나 없는 병신도 국왕이라고 따라오다니. 하긴, 상관없나? 오히려 감사해야겠군. 먹이들이 참으로 많아"

"닥쳐라!! 네놈의 목을 내 친히 잘라주마!!"

"난 네놈과 정당한 대결을 해서 팔을 잘랐다. 오히려 감사해야 하는 게 아닌가?"

"감히 날 적선하듯이 살려줘? 차라리 죽였어야 했다!!"

"미친놈이군. 대체 네놈 말의 초점은 어디지? 나는 살려달라고 해서 살려줬을 뿐이다."

아달델칸은 아카벨트 국왕과 말을 섞기 싫었다. 자신도 인간이었기에 그 본성을 잘 알았다. 그런데 막상 언데드가 되어 제삼자로서 인간을 보자 참으로 이기적인 존재라는 것을 느꼈다. 마족을 포함한 타 종족들이 인간을 왜 그렇게 싫어하는지를 이해했다.

처음 그가 도전하러 왔을 때는 죽이려 했으나 한번 붙어보니 제법 강해서 오랜만에 재미있게 해준 감사의 표시로 팔 하나만 떼어내고 살려줬다.

그것도 검을 잡는 반대쪽 팔을 잘랐다. 정말 마족이 베풀기 어려운 은혜를 내려줬는데 저런 식으로 나오다니.

"엄청난 대군이군. 오랜만에 기분이 좋아. 양질의 언데드가 많이 탄생하겠어."

25만의 유저와 병사가 이곳에서 죽으면 유저들의 정신은 강제 로그아웃되지만, 시체는 복사되어 이곳에서 언데드화가 진행된다. 바하무트가 죽는다면 마족은 자작급의 언데드 드래고니언을 얻게 되는 것이다.

"후후!"

아달델칸은 정말 기분이 좋았다. 새로운 언데드 군단을 손에 넣는다면 후작이 되어서도 실력으로나 세력으로나 누구에게도 꿇리지 기반 갖추게 된다.

"반드시 죽이겠다!"

"난 이겼던 상대와는 싸우지 않아. 네놈의 상대는 내가 직접 골라주마. 기대해라."

"크아아악! 거기서라!"

아달델칸은 발광하는 아카벨트 국왕에게서 관심을 거뒀다. 능히 남작등급 마족과 비슷한 실력을 지닌 강한 인간이다. 팔 하나를 잘라서 균형을 망쳐놓지 않았다면 더 강해졌을 것이다.

"흠."

멀리서 제법 강한 기운이 느껴졌다. 국왕보다 좀 더 강했다. 느껴지는 힘의 크기로 볼 때 세 명의 부사령관 중 두 남작보단 조금 강하고 자작보단 약했다. 고위 마족들을 가만히 뒀다면 각개격파 당해 죽었을 것이다. 그걸 알았기에 그들을 불러들였다.

그라도 수십만 대군을 혼자서 상대하진 못한다. 하물며 국왕과 정체를 알 수 없는 놈을 상대로는 가망이 없었다.

'타레드 자작과 라칸 남작에게 맡기면 되겠군.'

처음에는 나이트 쉐이드 마스터인 모라크 남작과 스켈레톤 킹 라칸 남작에게 맡기려고 했다.

그런데 인간 중 한 명이 남작들보다 조금 강했기에 확실하게 하려고 아크리치인 타레드 자작을 내보내기로 한 것이다. 자신과 모라크 남작은 혹시 모를 사태를 대비해 성안에 남기로 마음먹었다. 언데드 군단이 무려 11만이다.

그중 5,000이 상급 언데드였다. 평지에서의 정면 대결이라도 밀리지 않을 판에 수성전쯤이야.

"일단 돌아가 볼까."

"죽이겠다! 죽이겠어!"

"네놈과는 다신 볼일이 없을 거다. 재미있는 전쟁이 되었으면 좋겠군. 크하하하!"

아달델칸이 미친 듯이 웃으며 성안으로 돌아갔다. 국왕은 그런 아달델칸을 부르면서 미쳐 날뛰었다.

퀘스트의 주체들 간의 대화가 끝났으니 이제 곧 이기기 힘든 전쟁이 시작될 터다. 아달델칸이 성안으로 들어가자 언데드들의 기세가 급변했다.

각자의 무기를 점검하기 시작했고 상공에서 마구잡이로 섞여가며 날아다니던 악령들이 성의 주요 부분으로 흩어졌다. 그들의 눈동자 역시 빨갛게 물들어갔다.

"흐흐! 버러지 같은 인간 놈들."

"많이도 모였군."

검은색 로브를 뒤집어쓰고 왼손에 고급의 마정석으로 만든 스태프를 든 타레드 자작이 악령 언데드들의 정중앙에서 나타났다.

그와 동시에 팬텀 스티드를 타고 천 마리의 스켈레톤 제네럴을 대동한 라칸 남작도 다른 곳에서 모습을 드러냈다.

유저들이 저마다 강렬한 기세를 뿌리며 나타난 두 마족을 보며 침을 삼켰다. 한눈에도 강해 보였다. 저런 고위 마족이 아까 나타났던 아달델칸을 제외하고도 한 마리가 더 남아 있었다.

"그래도 원정대장이 대륙십강 랭킹 3위인데 잡겠지."

"불안하네."

유저들의 전신에 불안감이 엄습했다. 퀘스트에 실패하면 -2레벨이다.

그러한 유저들의 동요는 타마라스에게까지 들어갔다. 그도 눈이 달렸기에 마족들의 모습을 확인했다.

'뭐가 더 약하지?'

둘 중 조금이라도 더 약한 놈과 싸워야 한다. 그런데 누가 더 약한지 구분이 안 됐다.

느낌상으로는 리치 쪽이 더 강해 보였는데 스켈레톤 쪽도 만만치 않았다. 해골 주제에 어지간한 중형 몬스터만큼 거대했고 팬텀 스티드도 타고 있었다.

팬텀 스티드는 150레벨의 분노등급 몬스터다. 단순히 말이라고 생각하다가는 죽기 십상이다.

'될 수 있으면 스켈레톤 쪽을 상대한다.'

느낌을 믿기로 했다. 그의 느낌은 리치가 더 강하다고 말해 줬다. 국왕이 죽으면 퀘스트가 끝나지만, 그따위는 관심 없었다. 중요한 건 자신이 사는 거다.

둥둥둥둥!

유저들이 진군했다. 국왕이 있는 곳까지 가기 위해서다. 한곳으로 모인 병력이 일사불란하게 움직이며 재빨리 진지를 구축했다.

진지도 구축하지 않고 싸울 수는 없었다. 그들은 휴식을 취해야 하고 식량도 먹어야 하고 잠도 자야 했다.

언데드들은 그저 바라보고만 있었다. 어차피 수성이 목적이기에 바깥으로 나오지 않을 것이다. 아마 리치와 해골도 수성에만 점령할 것 같았다. 타마라스도 그 점에 관해서는 잘 알았다. 그저, 상대하게 된다면 스켈레톤 쪽으로 마음을 먹은 것뿐이다.

"이길 수 있겠지?"

"죽으면 페널티 장난 아닌데."

"이길 거야."

진지가 구축되고 공성 병기가 완성되는 순간이 진정한 퀘스트의 시작이다. 그렇기에 원정대에 참여한 유저들은 너무나도 걱정스러웠다.

길드의 보호를 받는 것도 아니고 믿을 거라곤 자기 자신밖에 없는 그들로선 불안했던 것이다. 원래 전쟁이란 그렇다.

모두가 살아남는 것이 아니라 대다수가 죽고 소수가 살아남는다. 그리고 그들은 지금 그러한 전쟁의 한복판에 놓여 있었다.

*   *   *

콰콰콰쾅!

수백 개 마법 대포의 화문이 터지며 성벽에 작렬했다. 속성별 원소 술사들과 원거리 계열 유저들이 성벽을 향해 쉬지 않고 스킬을 때려 박았다. 상급 악령들과 팬텀 스티드에 탑승한 스켈레톤 메이지들은 유저들의 공격을 방해하려고 하늘에서부터 온갖 저주, 공격마법을 퍼부었다.

성벽을 오르려는 유저들은 수천 마리의 스켈레톤 아처가 쏟아붓는 화살에 찰나를 못 버티고 사망했다.

성문 쪽도 고 레벨의 유저들과 듀라한, 스켈레톤 제너럴 등의 상급 언데드가 맞붙어서 한 치도 밀리지 않는 공방전을 이어나갔다.

뺏고 죽이려는 자와 뺏기지 않고 죽이려는 자들과의 전쟁은 그야말로 아비규환을 방불케 할 정도로 혼란스러웠다. 두 세력의 숫자를 합쳐 물경 사십만이라는 대군이 성 하나를 두고 격돌했다.

"1~4코어까지는 왼쪽 성벽을 공략하고 5~8코어는 오른쪽 성벽을, 9~12코어는 뒤쪽, 13~16코어는 정면을 돌파한다!"

"와아아아!"

"17~25코어는 대기하라!"

각기 사만씩 나뉜 병력이 적의 전후좌우를 틀어막았다. 남은 아홉 개 코어는 대기하면서 부족하거나 밀리는 곳을 채워

쳤으며 야간에 있을 적의 공격을 막는 역할을 맡았다.

그리고 그들 대부분이 검은 악마 길드 소속의 유저와 150레벨이 넘는 최정예 용병 유저로 구성되어 있었다.

타마라스는 손해 보는 것을 극도로 싫어했다. 어쩔 수 없이 봐야 한다면 최대한 적게 봐야 한다. 그 때문에 자신을 따르는 검은 악마 길드의 전력은 최대한 보존하고 국왕의 병력과 쓸모없는 유저들을 이용해서 손해를 최소화할 생각이다. 그는 문득 하늘을 올려다봤다.

그곳에는 수십 명의 특수 종족 유저가 상급 악령들과 공중전을 벌이고 있었다. 용족 유저들은 저마다 본체로 현신하여 상급 악령들을 몰아붙였고 페어리족 유저들은 속성 마법을 난사했다. 전부 199레벨에 오른 고수라 적은 숫자로도 제 몫을 충분히 해냈다.

콰콰콰쾅!

퍼어어엉!

공중이든 지상이든 온통 전쟁으로 가득 찼다. 전체적인 숫자는 유저들이 두 배 정도 높았지만, 공성이란 약점을 지녔기에 유리하다 볼 수는 없었다.

공성전을 벌이려면 통상 적의 세 배가 되어야 해볼 만하다는 속설이 존재한다. 그만큼 뚫는 게 어렵다는 뜻이다.

16만 원정대가 성 전체를 에워쌌음에도 도통 뚫릴 기미가 안 보였다. 다른 언데드는 몰라도 마법, 악령 계열 언데드에게는 엄청난 피해를 보았다.

악령들은 공격하다가 위험해지면 하늘 높이 올라가 다른 악령과 교대를 하는 식으로 죽음을 피했다.

성벽의 틈새 공략에도 애를 먹었다. 각 주요 부분마다 상급 언데드가 진을 치고 있었기 때문이다.

콰아아앙!

"으아아악!"

"크억!"

돌연 성문 쪽에서 언데드들과 팽팽하게 싸우던 유저들이 일방적으로 밀렸다. 무언가 변화가 생긴 게 분명하다.

"피해!"

"지원군을 불러!

"씨발! 데스 나이트다!"

검은 갑주로 무장한 200마리의 데스 나이트가 성문을 열고 나와 들어오려는 유저들을 학살했다. 최상급 언데드인 데스 나이트는 전원이 199레벨이다. 더군다나 그들을 이끄는 대장은 준남작의 작위를 지닌 220레벨의 악몽등급이었다.

이쯤 되면 대륙십강을 제외한 유저들은 단독으로 상대하지 못한다. 최소 몇 개의 풀 파티가 모여서 신중하게 상대해야 하는데 이런 상황에서는 어려웠다.

스거거걱!

"각 데스 나이트는 스켈레톤 나이트부대를 대동하여 인간 놈들을 쓸어버려라!"

데스 나이트의 뒤쪽에서 그들을 보좌할 수천 마리의 스켈레톤 나이트가 쏟아져 나왔다. 그야말로 한 치 앞도 내다보지 못할 난전이다.

원정대나 언데드 군단이나 서로 간에 밀릴 때마다 새로운 카드를 뽑아 들어서 어느 쪽으로도 승기가 돌지 않고 있었다. 문제는 아직도 고위 마족들이 나서지 않고 있다는 점이다.

쿠아아앙!

한곳에 뭉쳐 있던 유저들 사이에서 엄청난 폭음이 들리며 거대한 폭발이 일어나 사방을 뒤엎었다.

말로는 설명하기 어려운 공격 한 번으로 천 명이 넘는 병력이 증발했다. 곧바로 보충되긴 했으나 폭발은 한 번으로 끝나지 않았다.

콰콰콰콰!

"크크크크! 버러지 같은 놈들!"

아크리치 타레드 자작은 헬 파이어가 폭발하며 만들어낸 광경을 보며 흡족한 목소리로 말했다. 최대한 마력을 아끼려고 휘하 하급 언데드의 생명력을 흡수해서 헬 파이어를 사용했다.

어차피 하급이나 최하급 언데드의 용도는 방패막이에 불과하다. 그럴 바에야 자신에게 흡수되어 적 수천을 죽이는 게 이득이다.

남아 있는 하급 이하 언데드 전부를 재물로 쓴다면 조금 전과 같은 공격을 서너 번은 더 날릴 수 있었다. 시기적절하게 날려서 적의 기세를 꺾는 데 사용하면 제격일 것이다.

"뭐가 그렇게 기분이 좋소?"

타레드 자작의 옆으로 스켈레톤 킹 라칸 남작이 다가왔다.

"아, 자네 왔는가? 버러지 같은 인간들을 밟아 죽이니 재미있구먼."

"강력한 기운이 느껴지는데 어떻게 할 것이오?"

"죽이고야 싶지만, 쥐새끼처럼 처박혀서 나오질 않는군. 그렇다고 적의 본진을 향해 쳐들어갈 수도 없고."

언데드 군단은 지금 수성 중이었다. 고위 마족인 자신들이 성을 나가서 싸운다면 집중 공격을 당할 수가 있었다. 상황을 봐서 대규모 마법 몇 방 날려주고 적의 전력이 많이 깎였다 싶을 때 나서도 늦지 않는다.

"준비는 잘돼가오?"

"흐흐흐! 아무렴! 저들은 곧 절망에 휩싸일 거라네."

"감히 우리 언데드와 싸울 생각을 하다니."

타레드 자작의 휘하 백 마리의 리치가 현재 대단위 규모의 언데드 생성 마법 '레이즈 데드'를 준비 중이었다. 이는 원정대가 죽은 자들의 왕국 내부로 들어왔을 때부터 시작됐다. 규모는 성벽을 기준으로 반경 이백 미터까지였다.

죽은 유저들의 시체가 사라져도 레이즈 데드가 활성화되

면 죽었던 자리에서 복사되어 생전에 보유했던 능력 그대로
되살아난다.

아직 마법이 활성화되려면 이틀은 더 버텨야 했다. 만약 그
리되면 유저들의 전황이 불리해진다. 이 마법을 막으려면 완
성 전에 아달델칸을 죽여야 했다.

"우리가 제대로 활약하려면 마법이 가동된 이후에나 가능
하겠구려."

"뭐, 꼭 그렇지만도 않다네. 멀리 나가지를 못할 뿐, 근처
에서도 충분히 재미는 볼 수 있으니까."

느껴지는 기운으로 봐서는 원정대를 이끌고 온 놈과 국왕
만 죽이면 끝나는 일이다. 다른 잡것들은 별 볼 일 없었다.

"백작님은?"

"모라크 남작과 몇 년 뒤에 있을 작위 수여식에 관해서 의
논하고 있소."

후작 이상의 작위를 지닌 고위 언데드는 이 넓은 왕국 내에
서도 손가락 안에 꼽힐 정도로 적었다. 그런 자에게 붙는다면
앞날을 보장받은 것과 다름없었다. 인간세상이든 어디든 계
급은 필수적으로 따라붙는다.

"죽어라! 언데드 놈들아!"

콰콰콰콰!

아카벨트 국왕이 휘두르는 검에서 푸른색의 소울 블레이
드가 분출되며 다가오는 스켈레톤 나이트 수십 마리를 일격

에 갈라 버렸다. 아무리 팔 하나가 없어도 220레벨의 그랜드 마스터 NPC의 강함은 사라지지 않는다.

우웅!

그가 한 번 검을 휘두를 때마다 마력과 대기가 공명했다. 잘못 접근했다간 죽어도 이상하지 않을 만큼 살벌했기에 유저들은 그 근처로의 접근을 피했다.

"호? 제법 가까이 왔는데?"

"심심하던 차에 잘됐군. 내가 가서 처리하겠소."

"좋네, 대신 말려들지 않도록 조심하게나. 저쪽에서 숨어 있는 놈은 내가 감시하지."

타레드 자작은 저 멀리 보이는 적진을 쳐다보며 말했다. 타마라스를 가리키는 것이다. 그의 기준에서 보기에 인간들의 총사령관은 전쟁에 참여할 의사가 저조했다. 나중에야 몰라도 지금은 구경만 하고 있었다. 그는 저러한 종자들을 잘 알았다. 마계에는 저런 놈들이 길가에 돌멩이처럼 굴러다녔으니까.

'크크! 손해 입긴 싫다는 거겠지.'

예상이지만 이득이 되지 않을 거라 판단하면 국왕을 도와주지 않을 것이다. 하지만 자신은 다르다. 라칸 남작이 위험하면 당장에 국왕을 쳐 죽일 거다.

지금도 그러고 싶지만, 그가 불같이 화를 낼 게 뻔했다. 정당한 대결을 방해했단 그런 개소리가 아니다. 그냥 자신이 죽일 수 있는데 방해를 했다는 이유에서다. 그러니 상황을 두고 보다가 위험하면 그때 도와줘도 될 것이다.

"크흐흐흐! 모두 죽여주마!"

슈슉!

생각을 정리한 타레드 자작은 블링크로 이동하면서 이곳 저곳에 마법을 난사했다.

*   *   *

"와 진짜 장난 아니네."

"아무래도 S+급 퀘스트니까."

바하무트 일행은 은신의 망토로 전신을 가린 채 산 너머에서 전쟁을 지켜만 봤다. 은신의 망토는 특별한 능력이 있는 아이템은 아니지만, 착용자의 모습을 가려주고 기운이 바깥으로 새어 나가지 않도록 도와줬다.

그렇기에 아달델칸이나 고위 마족들이 바하무트 일행의 기운을 느끼지 못한 것이다.

"저 끝에 보이는 로브 뒤집어쓴 놈하고 팬텀 스티드 탄 놈이 귀족인 것 같네요."

"아마 로브가 자작이고 말에 탄 놈이 남작일 거다."

"저는 좀 애매하게 느껴져요."

슈타이너는 눈살을 찌푸리며 말했다. 보기에는 그놈이 그놈 같았다.

"레벨 차이기도 하고 직업 차이이기도 해. 용족 자체가 용 투기와 용마력을 사용하지만 나는 용투사라서 용투기를 직접 운용하기 때문에 상대가 강한지 약한지가 느껴져. 너도 숙련 도 좀 올리고 레벨이 299가 되면 알 거야."

수치로 표현할 수는 없다. 그저 누가 더 강한지 약한지 정 도만 판별되는 정도다. 바하무트가 느끼기에 로브를 뒤집어 쓴 아크리치가 스켈레톤보다 반 배는 강했다.

'스켈레톤 쪽은 슈타이너보다 약하네.'

저 정도라면 혼자서 충분히 상대하고도 남는다. 반면에 리 치 쪽은 힘들었다. 확실히 자작계급이면 모든 유저를 통틀어 자신과 이사벨라가 아닌 이상에야 이기지 못할 것 같았다.

"저놈들도 강해 보이긴 하지만 아까 아달델칸은 정말 딱 보는데, 뭐랄까? 아, 무리다? 이런 느낌 들었어요."

슈타이너는 아달델칸이 처음 나타났을 때를 떠올렸다. 모 습만 봤을 뿐인데도 전신이 부들부들 떨렸다. 어둠의 미궁에 서 봤던 데몬 계열 자작보다도 두 배는 더 강력했다.

"그렇지."

바하무트는 슈타이너보다도 더욱 직접적으로 느꼈다. 단 순히 강하다는 정도가 아니었다. 처음에는 슈타이너가 힘을 합치면 이기진 못해도 지지는 않으리라고 생각했는데 착각이 었다. 둘의 조합으로는 어림도 없었다. 못해도 이사벨라와 함께해야 답이 나올 듯해 보였다.

거기에 슈타이너까지 합세한다면 충분히 이길 수 있었다.

"슬슬 불러볼까?"

바하무트는 아달델칸을 부를 생각이다. 걸려들지 않을지는 모른다. 우선은 안전한 방법부터 실행해 보고 실패하면 그때부터 수위를 높이면 된다.

본체 상태로 현신하여 용투기를 극한까지 전개하면 그 기운이 성까지 뻗어 나갈 것이다. 그리고 그가 팬텀 스티드를 타고 나온다면 성공이다.

"형, 저는 계획대로 숨어 있어요?"

"응."

슈타이너와 이사벨라는 은신의 망토를 쓴 채로 숨어서 대기.

바하무트만 힘을 개방한다. 아달델칸을 혼자 오게 하기 위함이다. 동시에 강대한 기운이 세 개나 포착되면 아달델칸이 혼자 올 리가 없었다.

최소 고위 마족 한 명과 병력을 대동하고 올 것이다.

먼저 아달델칸을 유인하고 이사벨라와 합공으로 쓰러뜨린다. 지원군을 부르면 슈타이너가 튀어 나가 지원군을 죽이는 게 작전이었다.

사실 작전이라기보단 잔머리를 굴리는 거지만 이것도 이사벨라가 있기에 가능한 일이다. 없었다면 굉장히 골치 아팠

으리라.

"현신."

푸화아악!

화염이 폭발하며 바하무트가 본체로 현신했다. 은신의 망토를 벗어 던졌기에 압도적인 기운이 사방에 넘실거렸다.

> 본체로 현신하셨습니다. 본신 능력이 두 배로 증가하며 모든 종류의 포션 복용이 불가능해집니다.

콰드드득!

"하아아아!"

바하무트가 밟은 지반이 마구 갈라졌다. 극한으로 올라가는 용투기가 요동치면서 생긴 진동 때문에 생긴 현상이었다.

그의 육체에서 흘러나오는 붉은 용투기의 색이 점점 짙어지며 바하무트의 몸 주변을 둘러싸 버렸다.

> 용투기를 전력으로 전개하셨습니다.

> 한 시간 동안 모든 능력치가 20% 증가합니다.

> 한 시간이 지나면 본체와 용투기가 풀리면서 하루 동안 무기력 상태
> 가 유지됩니다.

슈타이너는 바하무트와 이사벨라가 최상의 상태로 싸울
수 있도록 자신의 전용 버프를 걸어준 후에 몸을 숨겼다.

"좋군."

전신에 힘이 넘쳐흘렀다. 지금껏 용투기를 전력으로 전개
한 적은 손에 꼽을 정도로 적었다. 쓸 필요가 없어서이기도
했지만 '무기력'이란 페널티가 있기에 정말 필요하지 않으면
사용을 금했다. 무기력 상태에 들어가면 하루 동안 본체로 현
신할 수 없고 용투기도 사용하지 못한다.

즉, 무방비 상태가 되는 거다. 어쨌든 현재 상태는 풀 도핑
으로서 바하무트가 낼 수 있는 최강의 힘이었다.

"제발, 와라."

＊　　　＊　　　＊

아달델칸은 성 내부에서 모라크 남작과 후작의 작위를 받
은 이후 행보에 관해 상의하던 중 급격하게 치솟는 엄청난 투
기를 느꼈다.

너무나도 익숙한 용족의 기운.

그것도 바깥에서 자신의 수하들과 겨우겨우 싸우는 그저

그런 기운이 아닌, 이곳 전체에서 자신을 제외하면 타레드 자작보다도 강한 기운이 가까운 곳에서 느껴졌다.

"느꼈나?"

"이 정도 기운을 지닌 용족이라면!"

"백팔전룡 중 하나가 이곳에 왔단 거지."

바하무트는 백팔전룡 중에서 폭전룡의 직위를 얻는 데 성공했으니 아달델칸의 추리가 틀린 것은 아니었다.

"강렬하고 뜨거운 기운 화룡이군."

"제가 갔다 오겠습니다."

"장담하지. 자네가 가면 죽어."

모라크 남작은 말문을 닫았다. 자신이 느끼기에도 상대의 기운은 자신을 훌쩍 넘어섰다.

"심심하던 차에 잘됐군. 아마 라칸 남작과 타레드 자작도 느꼈을 테니 자네가 잘 말해주게."

"알겠습니다."

파팟!

그 말을 끝으로 아달델칸의 육체가 모라크 남작의 눈앞에서 사라졌다.

* * *

콰콰콰콰!

쩌쩡!

스켈레톤 킹 라칸 남작의 샴쉬르에서 뿜어져 나온 다크 블레이드와 아카벨트 국왕의 검에서 뿜어져 나온 소울 블레이드가 부딪치며 그들을 중심으로 충격파가 퍼져 나갔다.

쾅쾅!

둘의 주변으로 언데드도 유저도 병사도 아무도 가까이 다가가지 않았다. 단순히 충격파만 퍼지는 게 아니라 오러의 파편도 가치 흩날렸기에 접근하면 살아남지 못한다.

드드드드!

아카벨트 국왕이 검이 지면을 파고들더니 거대한 진동이 대지를 뒤흔들었다.

"어스 브레이크!"

검에서 흘러나온 오러의 기운이 지맥을 파괴하면서 파편들이 생성됐고 곧 라칸 남작을 폭격했다. 사방에서 밀려드는 바위 덩어리와 날카로운 잔재에 그의 거대한 육체가 손상됐다.

"크윽! 다크 스핀!"

라칸 남작의 샴쉬르가 검게 물들었다. 아카벨트 국왕의 기술이 넓은 범위의 타격이라면 라칸 남작의 기술은 적은 범위를 압축하는 형태였다.

촤촤촤촤!

검을 타고 흘러나간 어두운 기운이 아카벨트 국왕의 양옆에서 생성되며 날카로운 가시들을 지속적으로 뽑아냈다. 피한다고 피했으나 공간을 격하고 날아온 갑작스러운 공격에 그의 몸이 상처투성이가 되었다.

"제법이구나, 인간의 왕아."

"아달델칸은 어디 있느냐!"

"미친놈! 나조차도 어쩌지 못하면서 백작님을 찾는 것이냐?'

"이놈!'

정곡을 찌르는 말투에 화가 난 아카벨트 국왕은 소울 블레이드를 최대한으로 뽑아내 마구 휘둘렀다.

검을 한 손으로 쓰기 때문에 속도로 승부를 보는 아카벨트 국왕과 덩치와 힘을 앞세우는 라칸 남작은 상반되는 성향의 검사였다.

채채채챙!

수백 개의 검격이 라칸 남작을 향해 소나기처럼 쏟아져 내렸다. 샴쉬르를 두 손으로 움켜잡은 라칸 남작이 모든 것을 갈라 버릴 기세로 크게 휘저었다.

부아아악!

강력한 일격에 수백 개의 소나기가 유리처럼 깨져 나갔다. 그렇지만 그 공격도 쉴 새 없이 물어뜯는 작은 공격에 조금씩 형체를 잃어갔다.

촤앙!

"크어어억!"

아카벨트 국왕의 공격을 깨부수고도 약간의 힘이 남았는지 그의 갑옷을 종잇장처럼 가르고 가슴마저 갈랐다. 그렇다고 공격만 받은 것은 아니었다.

수백 개의 소나기 중 십여 개가 살아서 라칸 남작에게 내리꽂혔고 몇 개의 공격이 팔 쪽에 집중됐다. 누적된 충격을 버티지 못한 그의 거대한 팔이 조각조각 잘려 나갔다.

"크아아아아!"

잘린 부분 사이로 시커먼 연기가 새어 나왔다. 마족 특유의 기운인 다크 오러였다. 그들에게 있어서는 피보다 중요한 생명의 원천이다. 새어 나갈 경우, 죽지는 않아도 애써 노력해 진화한 스켈레톤 킹에서 퇴화할 수도 있었다.

"헉헉!!"

아카벨트 국왕은 검을 지팡이 삼아 겨우겨우 몸을 곧추세웠다. 그는 살짝 건드려도 넘어질 만큼 지쳐 있었다.

"버러지 같은 인간 놈!"

라칸 남작은 치미는 분노를 이기지 못했다. 인간 따위에게 중상의 상처를 입다니 수치 중의 수치였다.

아카벨트 국왕과 싸우다가 소모된 다크 오러와 팔이 잘려서 새어 나간 다크 오러를 합치면 족히 원래 지니고 있는 양의 70% 가까이 된다.

피해를 복구하려면 일 년은 걸릴 것이다. 하급 언데드의 생기를 뽑아 흡수해도 몇 개월은 걸린다.

"죽여 버리겠다!"

본래 라칸 남작과 아카벨트 국왕의 실력은 비슷했다. 승부를 가른 결정적 요인은 체력이었다.

아카벨트 국왕은 노인이다. 육체 자체가 늘어서 지구력이 떨어진다. 그에 반해 라칸 남작은 마족이며 언데드였다. 체력이란 게 존재치 않아서 기운만 줄어들었을 뿐 멀쩡했다.

"죽여 버… 컥!"

파파파팟!

라칸 남작이 아카벨트 국왕의 숨통을 끊으려는 순간 어디선가 나타난 12명의 유저가 그를 둘러싸고 공격했다. 전원이 199레벨에 오른, 검은 악마 길드의 십이간부였다.

라칸 남작이 정상이라도 이 12명을 죽이려면 엄청난 고생을 하고서야 가능할진대 계속된 격전에 기진맥진한 상태로는 어림도 없었다.

"이놈들이!"

아크리치 타레드 자작이 기겁했다. 그보다 먼저 인간 놈들이 나선 것이다. 그는 재빨리 다크 스트라이크를 캐스팅하여 날렸다. 상황이 급했기에 대규모 마법을 쓰기에는 시간이 부족했다.

콰아아아!

쩌엉!

"뭣이?!"

다크 스트라이크가 십이간부들을 향해 날아갔지만, 중간에서 나타난 검은 그림자가 검질 한 번으로 다크 스트라이크를 소멸시켜 버렸다.

"안 되지. 어떻게 얻은 기회인데. 키키키킥!"

"네놈! 원정대의 수장이로구나!"

타마라스의 입가에 미소가 번졌다. 제아무리 고위 마족이라도 길드의 십이간부라면 다 죽어가는 남작쯤은 충분히 잡는다.

그사이에 자신이 저 아크리치를 붙잡는다. 운이 좋으면 라칸 남작을 죽이고 합류하는 수하들과 힘을 합쳐 저놈까지 잡을 수도 있었다.

"후우! 타레드 자작!"

"괜찮은가?"

"저놈은 만만치 않소이다. 내 최대한 버텨볼 테니, 수하들을 부르시오."

타레드 자작은 아크리치이나 다소 다혈질이고 라칸 남작은 스켈레톤 킹이지만 정말 심각한 상황이오면 흥분보다는 차분히 상황을 주시하는 다소 상반되는 성격들을 지녔다.

그렇기에 둘은 죽이 잘 맞았고 마족 중에서 서로 친한 편이었다.

끼아아아!

흥분을 가라앉힌 타레드 지작이 울부짖었나. 귀곡성이 울려 퍼지며 성 주변에서 유저들을 공격하면 상급 악령들 수십 마리가 빠져나와 빠른 속도로 날아왔다.

"시간이 없다! 죽여!"

촤아아앙!

타레드 자작은 침착하게 타마라스와 맞붙었다. 실력이 만만치 않았다. 분명 붙으면 이길 자신은 있었으나 짧은 시간 내에 승부를 보기에는 뛰어난 강자였다.

그는 싸우는 내내 라칸 남작 쪽을 쳐다봤다. 역시나 버티지 못했다. 사방에서 몰아치는 공격에 다크 오러를 빼앗기고 있었다.

"다크 익스플로젼, 다크 토네이토."

콰아아앙!

타마라스가 있던 곳이 폭발하며 뿌연 먼지 구름이 생겨났다. 그리고 뒤이어 생성된 검은색 회오리가 먼지 구름을 걷어내 돌아다니며 주변을 찢어발겼다.

타마라스의 신형이 여러 개로 분열되며 타레드 자작의 공격을 빠르게 피해냈다. 그의 직업은 암살자였다. 속도만큼은 누구에게도 지지 않는다.

그림자 살인 제1장 : 보이지 않는 칼날.

날카로운 그림자 칼날이 다가오는 다크 토네이도를 반으로 갈랐다. 맞부딪힌 충격에 잠시 주춤했지만 그러고도 힘이 남았는지 타레드 자작을 양분할 기세로 날아갔다.

"다크 쉴드!"

쩌엉!

검은색 반투명한 다크 쉴드에 부딪힌 그림자 칼날이 깨졌다. 그러나 그게 끝이 아니었다.

그림자 살인 제4장 : 백 개의 그림자 검.

타마라스를 중심으로 생성된 부채꼴 모양의 그림자 검이 공중으로 뽑히며 다크 쉴드를 전 방위에서 후려쳤다.

촤촤촤촤촤촤!

다크 쉴드 전체가 그림자 검에 막혀서 시야가 차단되어 버렸다. 끊이지 않는 공격 때문에 방어에만 힘쓰던 타레드 자작은 근접 거리에서 느껴지는 상급 악령들의 기운을 느끼고는 반색했다.

끼아아아!

수십 마리의 악령이 십이간부의 뒤를 점했다. 개중에 빠져나간 몇 마리는 찰나의 사이에 죽기 일보 직전의 라칸 남작을 데리고 공중으로 떠올라 포위 진형을 빠져나갔다.

"이 빚은 꼭 갚아주마!"

타레드 자작은 후퇴하면서 스산하게 말했다.

"키키키킥. 그래, 혼자서 갚으러 오렴."

그림자 살인 오의 : 그림자 공간.

푸욱!

아무것도 없던 허공에서 직사각형 모양의 상자가 소환되더니 라칸 남작과 악령들을 통째로 가둬 버렸다.

비록 바깥에서는 보이지 않아도 내부에서는 수백, 수천 개의 그림자 검이 라칸 남작과 악령들을 난도질하는 중이었다.

그림자 공간에 갇히면 강제로 파괴하거나 전부 막아야 하건만 중상을 입어 죽어가는 라칸 남작이 막기엔 버거운 공격이다.

크아아아.

그림자 공간 내부에서 라칸 남작의 비명이 터졌다.

"키킥!"

타마라스는 그림자가 있는 곳이라면 어디든 검을 생성해낼 수 있는 스킬을 보유하고 있었다. 공격력이 그리 강하진 않아도 여러 방면에서 유리했다.

강력한 제약이 적용되어 자주 사용하기는 어려웠어도 전역이 어둠 천지인 죽은 자들의 왕국은 그에게 있어서 최고의 전투 필드였다.

언데드 연합군의 부사령관 스켈레톤 킹 라칸 남작이 사망했습니다.

결국, 누적되는 데미지를 버티지 못한 라칸 남작이 사망했다. 그러자 원정대의 모든 유저에게 알림음이 울렸다. 그들이 환호했다. 고위 마족 중에 한 마리가 죽은 것이다.

"우아아아!"

"이길 수 있다!"

"다 죽여!"

타레드 자작은 망연자실했다. 고작해야 인간, 인간 따위에게 지다니.

그저 그런 언데드도 아니고 스켈레톤 킹이 죽었다. 언데드 연합군의 부사령관이 인간 손에 죽었단 말이다.

"전부 죽인다!"

"타레드 자작 고정하시오!"

순간 허공의 한 부근에서 온통 검은 물질로 이루어진 정체불명의 존재가 나타났다. 나이트 쉐이드 마스터인 모라크 남작이었다. 그도 어이없긴 마찬가지였다.

그러나 흥분은 상황을 더욱 복잡하게 만들 뿐이다. 그는 타레드 자작을 진정시키고 사태를 파악했다.

"후퇴해서 국왕의 회복을 돕는다. 아직은 필요하니까."

타마라스는 새로운 고위 마족이 나타나자 스켈레톤 킹이 떨군 아이템을 회수하고 빠르게 후퇴했다. 고위 마족 둘과 상급 악령들을 상대로 무리할 필요는 없었다.

크으으윽!

타레드 자작은 도망치는 타마라스와 십이간부들을 보며 이를 부득부득 갈았다. 추격하려 했지만, 모라크 남작의 제지 탓에 포기했다.

"어쩔 수 없소! 참아야 하오!"

흥분한 상태에서 억지로 추격하면 독으로 작용한다. 이성을 되찾아야 했다.

"일단 성으로 돌아갑시다. 아직은 우리의 전력이 훨씬 우위요."

"빌어먹을! 개 같은 인간 놈! 씹어 죽이리라!"

자작등급의 고위 마족이 최대치로 끌어 올린 가공할 기운이 전장을 잠식했다. 모라크 남작은 발광하는 타레드 자작을 억지로 끌고 성으로 돌아갔다.

아달델칸이 강력한 용족과 싸우러 갔기에 전력을 보존해야 했다. 라칸 남작을 잃은 것도 뼈아픈 손실이다. 여기서 타레드 자작까지 잃으면 아달델칸을 볼 면목이 없었다.

"대단하군. 확실히 붙으면 이기진 못하겠어."

타마라스는 멀어져 가면서 폭발적으로 증가한 타레드 자작의 기운을 느끼며 자신이 한 수 아래라는 것을 인정했다.

확실히 남작보다 자작이 훨씬 강했다.

게다가 온몸이 그림자로 만들어진 나이트 쉐이드 마스터는 자신과 상극이었다. 싸운다면 유리한 고지를 점하기 어려울 것이다.

"국왕의 상태는 어떤가?"

"심각하긴 해도 회복 포션과 신관들의 마법을 받으면 하루 안에 완쾌될 겁니다."

"크크! 좋군. 희망이 생겨."

아달델칸만 없다면 자작이나 남작이나 누구든 해볼 만했다.

그때까지는 국왕이 살아 있어야 했다. 혼자서는 기를 써도 불가능하니까.

콰아아아아앙!!

상념에 잠겨 있던 타마라스의 귓가로 엄청난 폭발음이 들렸다.

본능적으로 고개가 소리가 들린 쪽으로 돌아갔다.

폭발음은 끊이지 않고 이어졌다.

피보다 붉게 타오르는 화염이 엄청난 반경에 이르러 터지면서 굉음을 내고 있었다.

"저건?"

타마라스의 몸이 부들부들 떨렸다.

그놈이다. 자신을 개처럼 죽인 포가튼 사가의 절대강자 바하무트가 틀림없었다. 미치도록 반가웠다.

아직은 때가 아니기에 숨어 지냈는데 바로 옆에 있었다니 당장 가서 놈의 상판을 찢어버리고 싶었다.

하지만 참아야 했다. 자신이 이곳에서 움직이면 전력에 공백이 생긴다.

그리고 설사 찾아가도 놈을 죽일 방법이 없었다. 분명 황금의 학살자 슈타이너도 같이 있을 거다.

"슈타이너 놈은 가만히 있군."

번지는 화염으로 보건대 바하무트 혼자서 싸우고 있는 듯했다. 궁금증이 치밀었다. 누구와 싸우는 걸까?

"백작은 아니겠지?"

제아무리 바하무트라도 백작은 이기지 못한다. 처음 아달델칸이 모습을 드러냈을 때 느꼈던 압박감은 소름이 끼칠 정도였다.

"그래, 뭐가 되든 상관없다. 네놈이 백작과 싸우든 지든 이기든 관계없어. 오히려 이겼으면 좋겠군. 내 계획을 앞당겨 주도록. 크하하하!"

천지 사방에 타마라스의 광소가 울려 퍼졌다.

십이간부들은 그를 보며 살며시 몸을 떨었다. 광기 넘치는 그의 모습은 언제 봐도 적응이 안 됐다.

"국왕 놈의 치료를 늦춰라."

"알겠습니다!"

저 화염이 사그라질 때면 승부가 갈려 있을 것이다. 놈이 죽든지 아달델칸이 죽든지 말이다.

"키키키킥!

정말이지 오랜만에 기분이 좋았다.

4장
아달델칸

우웅우웅!

유형화된 용투기가 바하무트의 전신을 갑옷처럼 둘러싸고 그의 심장박동에 따라 커졌다 작아지기를 반복했다.

용투기는 근접전투계열의 용족이라면 어떤 직업이든 배우는 기본 패시브 스킬이다. 당연히 용창기병과 주술사의 듀얼클래스인 슈타이너도 배웠다.

바하무트의 직업인 용투사는 용투기를 다른 직업들보다 더욱 다방면에 세분화시켜 사용한다. 예로 지금처럼 용투기를 극한까지 끌어 올려 능력치를 증폭한다든가 하는 면에서 응용할 수 있었다. 무기를 쓰지 않으며 오로지 자신의 육체와 용투기 숙련도를 갈고 닦아서 싸우는 전투 직업이었다.

그렇기에 키우기가 굉장히 까다롭고 힘들었다. 무기를 사용하지 못하니 초반에 미약한 용투기로는 사냥에 엄청난 지장을 초래하기 때문이다.

용투기는 각각 기본응용, 개별응용, 집중응용의 세 단계로 분류된다. 여기서 용투사를 제외한 다른 직업은 기본응용까지밖에 배우지 못한다. 오직 용투사만이 개별응용과 집중응용을 배울 수 있는 유일한 직업이었다.

바하무트는 패시브 스킬의 비중이 절대적으로 높은 용투사를 키우려고 수억 원이 넘는 현질을 계속해서 했었다. 죽음의 페널티를 피하려고 물약을 마약 중독자처럼 복용했고 부족한 공격력과 방어력 등의 능력치는 착용 가능한 레벨 대에서는 무조건 최고의 장비로 세팅했다.

슈타이너만 아는 사실이지만 바하무트는 2차 전직 퀘스트를 무려 여섯 번이나 탈락했다. 미숙한 용투사로 합격하기에는 너무도 어려웠었다.

그래서 미친 척하고 스킬을 마구잡이로 조합했다.

포가튼 사가에서 행한 이벤트 몬스터를 잡고 나온 유니크 스킬 북 '언령 조합술'과 수백 개의 화 계열 레어, 스킬 북을 무작위로 조합하여 나온 것이 지금의 주력 스킬인 폭화 언령술이었다.

폭화 언령술은 본인이 상상하는 불꽃의 모습과 언령의 뜻이 일치한다면 무엇이든 조합하여 현실화시킨다.

스킬 등급은 레전드.

사기에 가까운 폭화 언령술을 얻은 이후로는 탄탄대로였다. 말도 안 될 공격력과 예측할 수 없는 변화에 몬스터고 유저고 NPC고 모조리 쓰러뜨렸다.

그리하여 지금의 자리까지 올라왔다. 폭화 언령술은 다섯 번까지 조합이 가능하고 지금 그가 조합할 수 있는 숫자는 네 번이 한계였다. 그 이상을 조합하면 몸이 버티질 못한다.

"온다."

바하무트의 말에 슈타이너와 이사벨라가 긴장했다. 저 성 너머 존재하던 강력한 기운이 빠르게 접근하고 있었다. 어찌나 거대한지 바하무트가 뿜어내는 용투기가 확연하게 밀렸다. 싸움을 시작하기도 전에 승패 여부가 결정 난 것이다.

슈타이너는 저 멀리 숨었다. 은신의 망토를 입고 있어서 기운이 외부로 노출되지는 않겠지만 조심해야 했다.

'이거 심각한데…….'

바하무트는 자신과 이사벨라의 힘을 다가오는 아달델칸과 가늠해 봤다. 버거웠다. 같은 고위 마족인 자작과 남작과는 차원이 달랐다. 자신들 개개인보다 족히 두 배는 강했다.

히히히힝!

팬텀 스티드의 울음소리가 들리며 거리가 가까워지자 그 위에 앉아 있는 아달델칸의 모습도 서서히 드러났다. 두터운 대검을 착용하고 있는 그는 고위 마족 중에서도 백작위를 받은 마족답게 만인을 압도하는 기세를 뿌려댔다.

"나를 부른 게 그대인가?"

"그래."

"백팔전룡인가? 색과 기운을 보자니 화룡 계열이군."

"폭전룡 바하무트다."

폭전룡이라는 단어에 아달델칸의 안광이 번뜩였다. 가뜩이나 싸울 상대가 없어서 지루하던 참이었다. 전쟁을 벌이는 이들 중에 국왕과 원정대장이 제법 강하기는 했으나 그 정도로는 자신을 감당하지 못한다.

용족도 몇몇 보였지만 신경 쓰지 않았다. 진룡(200레벨)급에도 오르지 못한 미숙한 놈들을 죽여 봐야 수치스러울 뿐이다.

"재미있겠어."

폭전룡이란다. 백팔전룡이 확실했다. 느껴지는 기운도 완숙한 진룡(299레벨)에 오른 게 틀림없었다. 십 년만 일찍 만났어도 아슬아슬했을 것이다.

그러나 몇 년 전 깨달음을 얻어 다크 나이트에서 벗어나는 데 성공했다. 조금만 다크 오러를 흡수한다면 완벽한 헬 나이트(300레벨)로 진화한다.

상대가 상대이다 보니 쉽게 이기진 못하리라 생각됐다. 적어도 팔 하나를 버릴 각오는 필요할 듯싶었다.

"이사벨라 님."

"누가 또 있는, 이런 건가?"

자신을 찾는 바하무트의 부름에 이사벨라가 천천히 로브를 벗으며 은신을 풀었다.

그와 동시에 그녀의 몸에서 서릿발처럼 차가운 기운이 줄기줄기 새어 나왔다. 바하무트의 기운이 뜨겁고 난폭하다면 이사벨라는 차갑고 날카로웠다.

"숲의 가호? 크크크크! 하이엘프인가? 당했군."

적의 얕은 수작에 걸려 버렸다. 처음부터 강력한 둘의 기운을 읽었다면 모라크 남작을 남겨두지 않았을 것이다. 저 앞에서 기운을 뿜어내는 하이 엘프 여인은 폭전룡과 비교해도 절대 뒤지지 않았다. 둘의 합공이라면 예상보다 더 큰 피해를 각오해야 할 것 같았다.

파팟!

이사벨라의 육체가 흐릿한 잔상을 남기고 사라지며 곧 아달델칸의 후미를 점했다.

"원정대의 수준이 너무 낮다 했더니, 네놈들을 믿고 있던 건가?"

"원정대와는 관계없다. 지극히 내 개인적인 볼일이지."

세상에서 가장 싫은 타마라스 따위와 얽히니까 기분이 더러워졌다.

"그래, 상관은 없겠지. 여기서 내가 죽느냐 너희가 죽느냐에 따라서 전쟁의 승패가 결정될 테니까."

아달델칸이 죽으면 구심점을 잃어버린 언데드 군단은 뿔·뿔이 흩어진다. 고위 마족들이 남아 있어도 자신들보다 강한 백작이 죽었으니 지레 겁먹을 게 분명했다. 반대로 바하무트와 이사벨라가 죽으면 원정대의 전력을 알고 있는 아달델칸이 휘하 마족을 선동하여 직접 전멸시키리라.

"후후."

아달델칸은 왠지 이런 일이 일어날 것 같았기에 일부러 전쟁에 참여하지 않았다. 자신을 죽이려는 전력치고는 너무 빈약했다고 생각했다.

> 언데드 연합군의 부사령관 스켈레톤 킹 라칸 남작이 사망했습니다.

타마라스의 그림자 공간에 갇힌 라칸 남작이 죽자 알림음이 들리며 강력한 기운 하나가 소멸했다.

바하무트도 이사벨라도 슈타이너도 전투의 기운은 진작 느꼈다. 하지만 그들에게 중요한 것은 눈앞의 아달델칸이라서 신경 쓰지 않고 있었는데 타마라스가 결국, 한 놈을 잡아버렸다. 최고 수뇌부의 전력이 열세일 텐데도 고위 마족을 잡을 것을 보면 비록, 상종 못할 놈이라도 난 놈은 난 놈이었다.

"큭, 재미있군."

콰우우우!

라칸 남작이 죽자마자 광폭하게 치솟는 타레드 자작의 기운이 느껴졌지만 이내 잠잠해졌다. 주변에 모라크 남작의 기운도 느껴지는 것으로 봐서 진정시키고 있는 듯했다. 내심 모라크 남작을 남겨둔 것을 잘했다고 생각했다.

이성을 잃어버린 타레드 자작이 적의 손에 전사했다면 그때는 상황이 어렵게 돌아간다. 여기서 저 둘을 죽여도 만신창이가 된 몸으로는 이도 저도 아니게 된다. 타레드 자작과 모라크 남작이 둘 다 살아 있어야 지시를 내리고 그걸 이행할 여유가 만들어진다.

쿠우우웅!

아달델칸의 전신에서 막대한 양의 다크 오러가 분출되자 주변의 대기가 요동쳤다. 바하무트의 붉은 기운과는 대비되는 검은 기운이 뿜어져 나오며 공간 안의 모든 것을 침식했다.

"대단해. 라칸 남작이 죽다니. 내가 너희를 죽이고 돌아가도 큰 피해가 생기겠어."

쉽다고 생각했던 전쟁이 복잡하게 돌아갔다. 아직 원정대 쪽에는 그들의 수장이 건재했다. 미약한 기운이지만 국왕 역시 죽지 않고 살아 있었다. 회복 포션을 들이붓고 신관의 치료를 받는다면 금방 완쾌될 것이다.

'빨리 마법이 완성되어야 한다.'

며칠 전부터 리치 부대가 준비한 대단위 언데드 생성술 레이즈 데드가 곧 완성된다. 그때까지만 버티면 무조건 언데드 군단의 승리였다.

"죽여주마."

스르르릉!

아달델칸이 등 뒤에서 대검을 뽑아 들었다. 다크 오러가 응축되며 가뜩이나 검은 대검이 칠흑처럼 어두워졌다.

"너부터 죽어!"

전투의 조짐을 느낀 바하무트는 선공을 양보하지 않았다.

폭화 언령술 : 삼 조합 스킬.

터질 폭(爆), 불 화(火), 그물 망(罔).

폭화망(爆火罔) : 터지는 불꽃 그물.

콰콰콰콰!

아달델칸이 대검을 뽑자마자 폭화망이 펼쳐지며 그를 폭발시켰다. 폭발하며 뻗어나가던 화염이 뭉쳐져 빠져나가지 못하게 그물을 만들어냈다.

폭화 언령술 : 이 조합 스킬.

날카로울 예(銳), 불 화(火).

예화(銳火) : 날카로운 불꽃.

좌촤!

아달델칸을 가뒀던 그물이 돌연 칼날처럼 날카로워지며 흙먼지 사이로 들어가 그의 몸을 마구 할퀴었다.

"생소한 기술을 쓰는군."

쩌엉!

아달델칸은 말을 함과 동시에 뒤쪽에서 날아오는 이사벨라의 소울 블레이드를 대검을 돌려 막아냈다.

그녀는 자신의 공격이 막히자 미련을 두지 않고 빠르게 물러났다. 주공격은 바하무트가 하고 그녀는 아달델칸의 신경을 분산시키는 역할을 맡았다.

너무 붙어서 싸우다간 같은 편의 공격에 휘말릴 수도 있기에 내려진 작전이었다.

스슥.

아달델칸은 이사벨라를 쫓아가지 않았다. 전투는 이제 시작이고 급할 건 없었다. 중요한 것은 직접 달려드는 바하무트였다.

폭화 언령술 : 삼 조합 스킬.

뜨거울 염(炎), 임금 왕(王), 주먹 권(拳).

염왕권(炎王拳) : 염왕의 주먹.

콰앙!

바하무트의 주먹에서 붉은 화기가 뿜어져 나가 아달델칸을 강타했다. 오크로드는 염왕권을 막지 못하고 대검을 손에서 놓쳤는데 아달델칸은 대검으로 후려쳐 염왕권을 터트렸다. 뿌연 흙먼지 사이로 아달델칸의 다크 오러가 넘실거렸다. 그리고 그것은 공격의 시작이었다.

파앗!

바하무트와 이사벨라가 밟고 있던 지면을 박차 하늘로 솟구쳤다. 공간을 격하고 날아온 대검의 환영이 그들이 있던 자리를 무작위로 베어냈다.

촤촤촤촹!

하늘로 솟구친 이사벨라가 고속으로 검을 휘둘렀다. 천지사방을 뒤덮을 검의 환영들이 아달델칸의 전후좌우 심지어 위까지 차단하여 피할 수 없게 만들었다.

우우우웅!

아달델칸의 다크 오러가 동그랗게 압축되며 아크리치 타레드 자작의 다크 쉴드를 생각나게 할 모습으로 변했다.

티티티팅!

검의 환영들이 통겨졌다. 그 여파는 고스란히 주변으로 미쳤다. 이사벨라는 자신의 공격이 튕겨져 나오자 재차 검을 휘둘러 막아냈다.

자기 공격을 자기가 막은 꼴이다. 그사이 아달델칸의 옆으로 다가간 바하무트가 재차 폭화 언령술을 펼쳤다.

폭화 언령술 : 삼 조합 스킬.
터질 폭(爆), 뜨거울 염(炎), 바람 풍(風).
폭염풍(爆炎風) : 폭발하는 뜨거운 바람.

아달델칸 주변이 폭발하며 거대한 화염 폭풍이 이리저리 움직였고 권역 내의 모든 것을 태워 버렸다.

콰아아앙!

화염 폭풍이 가운데가 풍선 부풀듯이 터졌다. 그 자리에는 다크 오러로 둘러싸인 아달델칸이 우뚝하니 서 있었다.

"다크 오러를 절반이나 끌어 올리게 한 걸 인정하마."

바하무트는 삼 조합 스킬을 몇 개나 맞고도 여유를 부리는 그를 보며 놀라움을 금치 못했다. 생각보다 상대의 힘은 더 강했다.

콰아아앙!

이사벨라의 오러를 머금은 거대한 검격이 아달델칸의 정수리를 쪼개 버릴 기세로 내리꽂혔으나 그는 이미 자리에 없었다.

'작은 기술로는 무리구나.'

타격은 받을 것이다. 근데 그 타격으로 주는 피해가 눈에 보이지 않는다는 게 문제였다. 큰 기술이 필요했다. 오크로드를 한 번에 녹여 버렸던 그런 큰 기술 말이다. 바하무트는 이 사벨라에게 귓속말을 보냈다. 스킬을 사용할 시간을 벌기 위함이다. 찰나지만 그 시간에 무방비 상태면 백 번은 죽고도 남는다.

"이사벨라 님, 시간을 끌어주시길."

끄덕.

소극적으로 공격하던 이사벨라가 아달델칸에게 근접으로 붙어서 백병전에 돌입했다. 극도의 변화와 속도를 추구하는 환검과 쾌검의 조화가 그녀에게서 펼쳐졌다.

채채채챙!

거대한 대검이기에 아달델칸이 느리다고 생각하면 착각이다. 최소한의 움직임과 대검의 넓은 면을 이용하여 이사벨라의 공격을 효과적으로 방어했다.

폭화 언령술 : 사 조합 스킬.

뜨거울 염(炎), 더울 열(熱), 땅 지(地), 옥 옥(獄).

염열지옥(炎熱地獄) : 뜨겁고 더운 지옥.

푸화아악!

염열지옥은 바하무트가 사용할 수 있는 사 조합 스킬 중 한 가지다. 엄밀히 말해선 공격 스킬이라기보단 지속형 패시브 스킬이라 볼 수 있었다. 오크로드를 때처럼 끌어안는다면 끔찍할 만한 열기 때문에 근접하는 모든 것을 녹여 버린다.

"이사벨라 님, 제 주변에서 떨어지세요!"

이사벨라가 스텝을 밟으며 바하무트와의 거리를 벌렸다. 그리고는 수천 도의 열기가 그 모습을 지켜보던 아달델칸을 집어삼켰다.

*   *   *

부글부글!

끔찍하리만큼 뜨거운 아니, 단어로는 설명하지 못할 그런 열기가 반경 수십 미터 전체를 녹여 버렸다.

더욱이 그 몇 배에 달하는 거리까지 열기가 전해져 주변에 존재하는 모든 바위와 숲 등을 태웠다. 슈타이너와 이사벨라 바하무트가 염열지옥을 사용하기 전에 피해 반경에서 벗어났다. 오로지 아달델칸만 피하지 못하고 그 엄청난 열기를 고스란히 받아냈다.

"크윽! 다크 오러를 뚫고 들어와?"

두르고 있는 다크 오러가 부글부글 끓었다. 형체가 존재하지 않는 오러가 끓어오르다니 정말 놀랐다. 그뿐만 아니라 뚫고 들어온 열기가 그의 육체를 조금이나마 녹여냈다.

"후우."

바하무트가 숨을 내쉬자 자그마한 브레스가 뿜어지는 것처럼 불꽃이 숨을 타고 나왔다.

> 염열지옥의 사용으로 용투기의 지속 시간이 반으로 줄어듭니다.

> 용투기 지속 시간이 5□분에서 25분으로 줄어들었습니다.

용투기를 전력으로 전개한 상태에서 염열지옥을 사용하면 지속시간이 반으로 줄어든다. 페널티 없이 유지하기에는 정말 강력한 전체 범위 스킬이었다. 포가튼 사가의 스킬에는 딜레이가 없다. 당연히 폭화 언령술도 딜레이 같은 건 없었다. 그러나 무식하게 사용하면 제한이 걸린다.

일종의 과부하라고 생각하면 편할 것이다. 설사 그리하지 않아도 사 조합 이상의 스킬을 연속으로 사용하면 몸이 버티질 못한다.

그리고 지금 염열지옥의 후유증으로 50분의 용투기 지속 시간이 반으로 줄었다. 그전에 아달델칸을 죽이지 못한다면 본래의 인간형으로 돌아갈 것이고 무기력 상태에 들어가 패배할 것이다.

폭화 언령술 : 이 조합 스킬.
불 화(火), 주먹 권(拳).

화권(火拳) : 불 주먹.

염열지옥을 두른 상태에서는 이 조합 이상의 스킬을 사용하지 못한다. 그저 완벽한 육탄공격만이 정답이었다. 바하무트가 가장 즐겨 사용하는 화권은 주먹에 불꽃을 두르고 백병전으로 들어가기에 제격인 스킬이었다.

콰콰콰쾅!

바하무트의 주먹과 아달델칸의 대검이 마구 부딪히며 사방에 충격파를 날렸다. 전체적으로는 비슷하게 싸웠으나 바하무트는 제한 시간이 있고 아달델칸은 없었다. 순간적으로 빌려온 힘과 본인 원래의 힘이 가져오는 차이는 컸다.

"강해."

이사벨라는 바하무트를 보며 말했다. 정말 강했다. 자신과 싸울 때는 염열지옥을 저런 식으로 응용하지 않고 단발 데미지 스킬로만 사용했다. 저렇게 몸에 두르고 싸운다면 그때처럼 아슬아슬하게 지지 않고 참패했을 것이다.

그녀는 싸움에 참가하지 않고 상황을 지켜봤다. 백중세의 흐름을 깨고 싶지 않아서다. 바하무트가 밀리면 그때 참가해도 늦지 않는다. 그때쯤이면 아달델칸도 많이 약해져 있을 것이다. 지금도 염열지옥의 열기를 막으려고 다크 오러를 끊임없이 소모했다.

"에어 브레이크!"

콰아아아앙!

아달델칸의 대검이 진동하며 대기를 후려쳤다. 엄청난 진동을 견디지 못한 대기가 흔들리며 균열이 일어났다. 바하무트는 급히 하늘로 날아올랐다.

주변에 머물고 있다간 신체 한 부분이 부러지거나 찢어질 것 같은 느낌이 들었다. 골절이나 절단 등의 상태 이상에 걸리면 전투에 막대한 지장을 초래한다.

또한, 심장이 터지거나 목이 잘린다면 생명력과 관계없이 그 자리에서 사망이다.

푸카카캉!

허공을 가르던 대검의 기운이 다시금 흔들리며 바하무트를 덮쳤다.

폭화 언령술 : 이 조합 스킬.

불 화(火), 장막 막(幕).

화막(火幕) : 불의 장막.

화르륵!

바하무트의 정면에 불꽃의 장막이 나타나며 날아오는 기운들을 모조리 녹여 버렸다.

"없다. 어디지?"

"뒤에요!"

화막이 걷히고 나타난 자리에 아달델칸의 모습이 보이지 않았다.

"늦었다!"

처음부터 상황을 지켜봤던 이사벨라가 경고했고 뒤를 돌아보려 했지만, 곧 엄청난 충격이 등으로부터 시작됐다.

크어억!

콰아아앙!

대검에 후려 맞은 충격으로 땅바닥에 처박힌 바하무트는 용투기의 지속 시간을 알리는 소리에 정신이 곤두섰다.

> 엄청난 충격을 받아서 용투기의 일부가 흩어집니다.

> 1ㅁ분 후에 용투기가 해제됩니다.

"이런 미친!"

파팟!

땅바닥에 처박힌 바하무트에게 공격을 해오던 아달델칸이 뒤에서 느껴지는 날카로운 기운을 느끼고 물러났다.

'40%나 소실됐다.'

반에 가까운 다크 오러가 사라졌다.

아예 없어진 것은 아니라서 회복을 하면 채울 수는 있음에도 이 상황에서는 어려웠다.

'저놈은 이미… 하이 엘프만…….'

용족 놈은 이미 한계에 다다랐다. 전신을 뒤덮은 열기는 얼마 지나지 않아서 사라질 것이다. 저 하이 엘프만 죽인다면 자신의 승리였다.

채채채챙!

이사벨라는 아직 상처를 입거나 지치지 않았지만, 바하무트는 상황이 좋지 않았다. 용족으로 변한 상태에서는 포션 종류를 복용하지 못한다.

죽으면 그날로 끝이었다. 살려면 죽기 전에 스스로 인간형으로 돌아와서 회복하는 수밖에 없었다. 그런데 지금 그가 인간으로 변하면 도움이 안 된다.

무리한 스킬 응용으로 본체와 용투기를 하루 동안 사용하지 못하기에 그저 레벨이 높은 일반 유저 불과하다.

촤촤촤촤!

그녀의 빠른 검이 적절한 조화로 움직이며 아달델칸의 전신을 뱀처럼 휘감았다.

파지지직!

검을 잡고 뒤로 빼자 다크 오러로 보호받는 그의 전신에 스파크가 생기며 눈에 띄게 희미해졌다.

"끄으으윽! 죽어라 엘프 년!"

아달델칸의 대검이 이사벨라와 자신 사이에 있는 공간을

갈랐다.

아무런 소리도 나지 않았다. 그저 조용한 가운데 시작된 공기 중의 변화가 점점 편차를 심하게 넓혀가며 폭발했다.

콰아아앙!

"꺄악!"

바하무트는 그런 이사벨라를 뒤로하고 날개와 다리의 근력을 이용해 폭발적으로 달려갔다. 그리고는 오크로드를 죽였을 때처럼 아달델칸의 몸을 두 손으로 조였다.

"크악! 이 연놈들이!"

폭화 언령술 : 이 조합 스킬.

불타오를 첨(沾), 번질 람(濫).

첨람(沾濫) : 불타 번져라.

염열지옥과 첨람의 화기가 침투하자 아달델칸이 미친 듯이 발광했다.

"크아아아! 이놈!"

콰콰콰쾅!

다크 오러가 연속적으로 폭발하며 응축과 분출을 반복했다. 그에 따라 바하무트의 육체도 흔들렸다.

쾅!

결국, 버티지 못한 바하무트의 두 손이 풀리자마자 아달델칸이 왼발로 그의 관자놀이를 후려쳤다.

그러나 그도 당하고 있지만은 않았다. 맞고 날아가는 도중에 아달델칸의 옆구리 쪽으로 화권을 꽂아 넣었다.

퍼엉!

크억!

복부에서 생긴 폭발 탓에 그도 바하무트의 반대편으로 날아갔다.

염열지옥이 해제됩니다.

과한 용투기 전개로 육체가 버티지 못합니다. 용투기와 본체 상태가 해제됩니다.

하루 동안 무기력 상태에 들어갑니다.

"으윽! 괴물 같은 놈."

이제 바하무트는 종이호랑이였다. 스킬 전부를 사용하지 못하고 본체로 변하지도 못한다. 그 모습을 포착한 아달델칸이 달려왔다.

쩌어어엉!

바하무트가 위험하자 정신을 차린 이사벨라가 다급히 검

을 휘둘러 아달델칸을 공격했지만, 그의 다크 오러에 모조리 튕겨 나갔다. 검의 충격에 짓눌려 땅에 박힌 아달델칸이 다크 오러가 실린 주먹으로 그녀의 얼굴을 후려쳤다. 20미터를 날아가 처박힌 그녀는 상태 이상 스턴에 걸려 일어서지 못했다.

"크훅! 크훅! 더러운 하이 엘프년!"

조금 전의 공격으로 아달델칸은 심각한 중상을 입었다. 사용 가능한 다크 오러의 양이 평소의 반의 반도 안 됐다.

들썩!

아달델칸은 변신이 풀린 바하무트의 머리통을 쥐고 그의 얼굴을 자신의 눈앞으로 끌고 왔다. 3미터의 아달델칸에 비해 바하무트는 너무 작았다. 본체 상태일 때는 반대였었는데 인제 보니 그도 거대하다는 것을 깨달았다.

"내 승리다. 용족이여!"

"웃기지 마!"

퍽퍽퍽퍽!

바하무트가 붙들려 있는 채로 발을 뻗어 아달델칸의 얼굴을 후려쳤다. 그렇지만 소용이 없었다. 미약한 데미지도 주지 못했다.

"발악인가? 귀엽군."

"귀여운 건 너지. 이 싹수없는 자식아!"

소닉 붐(sonic boom) : 전반 일식.

관천(貫天) : 하늘 뚫기.

퍼어어엉!

"컥! 이건… 뭐?"

아달델칸은 자신의 가슴의 가슴을 뚫고 나온 기다란 창을 보며 상황 파악이 안 되는지 말을 더듬었다. 공기가 터지는 소리가 들리는 동시에 구멍이 나버렸다.

털석!

아달델칸의 손에 힘이 풀리며 바하무트가 땅바닥으로 떨어졌다. 그는 자신의 목을 이리저리 움직이며 만져댔다.

"너 없었으면 진짜 전멸이었다. 이렇게 강할 줄이야."

"저도 놀랐어요. 괴물은 괴물이네요. 이제 끝이지만."

아달델칸은 뒤에서 느껴지는 기운에 겨우 고개를 돌렸다. 그리고는 자신의 상처는 안중에도 없다는 듯이 놀랐다.

"용족… 놈이 또… 있었다니."

"은신의 망토가 이럴 때 참 좋아."

눈높이는 아달델칸과 비슷했다. 전체적으로 환하게 빛나는 황금색의 가죽에 가슴과 배 부분은 순백색이었다.

얼굴은 바하무트와 같이 인간과 용족을 반씩 섞어 놓은 모습이었고 다리가 있어야 할 부분에는 굵고 튼튼한 근육질의 꼬리가 달려 있었다. 뱀처럼 징그러운 꼬리가 아닌 오돌토돌한 뿔들이 달려 있는 멋들어지는 꼬리였다.

그는 바하무트와 같은 용족이자 세부 종족 나가 계열의 골든 나가 슈타이너였다.

커헉!

창이 뽑히며 아달델칸의 육체가 허물어졌다. 가뜩이나 큰 충격을 받은 상태에서 가슴이 뚫리는 치명타를 당하자 버티지 못한 몸이 무너진 것이다.

스스스스!

엎친 데 덮친 격으로 가슴팍에 난 구멍을 통해 다크 오러가 새어 나갔다. 그는 절망했다. 이런 만신창이가 된 몸으로는 골든 나가를 이길 수 없었다. 느껴지는 기운도 족히 자작에 버금갔다.

"헛생각하지 마라. 나도 백팔전룡 중 하나니까.

"이놈!

아달델칸은 타레드 자작과 모라크 남작에게 텔레파시를 보냈다. 이대로 있다간 죽게 될 것이다. 살아남을 가능성이 없었다.

"소용없어. 내가 막아놨거든."

슈타이너는 듀얼 클래스답게 온갖 주술에 능했다. 지금 이 주변에는 차단의 술이 펼쳐져 있어서 텔레파시를 포함한 정신계열 마법이 통과하지 못한다.

아달델칸이 건재했다면 당연히 차단의 술을 뚫고 내보냈겠지만 그는 지금 죽어가고 있었기에 소용없었다.

"형, 숨통 끊어야죠."

"고맙다."

"어차피 나한테 다 돌아올 텐데요."

"그래, 이 녀석아."

바하무트는 인벤토리에서 유니크 대검 광기의 울부짖음을 꺼내 들었다.

지금은 스킬도 용투기도 못 쓰니 공격력이 형편없었기에 무기로 쳐 죽일 생각이다.

"내가! 후작위에 받을 내가 이렇게 죽다니!"

"미안. 인생사 다 그런 거야."

푹푹푹푹!

크아아악!

아달델칸의 허물어진 육체에 대검이 사정없이 꽂히며 그의 몸에서 새어 나오는 다크 오러의 양이 급격히 증가했고 곧 아이템들을 남긴 채로 사라졌다.

언데드 연합군의 총사령관 다크 나이트 아달델칸 백작이 사망했습니다.

공적 1위를 하셨습니다.

두 번째, 전쟁의 경험과 세 번째, 고위마족 사살 시험을 통과하셨습니다.

벨케루다인이 찾습니다.

적의 총사령관이 사망하자 전쟁이 승리했다는 알림음이 들려왔다. 유저들에 따라 공통되고 차별되는 알림음이 들릴 것이다.

이사벨라도 그 사이에 포션을 먹고 회복했는지 그들의 곁으로 다가와 있었다.

"형, 전쟁 계속할 거예요?"

퀘스트는 끝났다. 그렇지만 아직 마족들은 남아 있었다. 이럴 경우, 잡을지 말지는 유저의 선택이다.

"넌 어쩌려고?"

"이왕 본체로 변한 거 저는 사냥이나 하려고요. 오늘이 아니면 언제 또 여기까지 들어와요?"

죽은 자들의 왕국은 오대 금지구역의 한 곳이다. 퀘스트를 수행 중이라 이렇게 들어온 거지, 아니면 언제 올지 기약이 없었다.

"이사벨라 님은?"

슈타이너의 의견을 들은 바하무트는 이사벨라를 쳐다보며

말했다.

"겨뤄보고 싶었는데 지금은 무리겠네요. 저도 50%만 올리면 되니까 슈타이너 님하고 사냥할게요."

바하무트의 몸 상태로 제대로 된 대결은 무리였다. 이사벨라는 빠르게 포기하고 사냥을 택했다.

'잘됐네.'

사실 슈타이너 혼자 남겨 놓기가 영 찜찜했다. 이 모든 게 타마라스 때문이었다.

"나 일단 좀 쉰다."

"오케이. 이사벨라 님, 저희는 가죠?"

"네."

바하무트는 멀어지는 둘을 보며 땅바닥에 떨어진 아이템들을 챙겼다. 유니크 아이템이 세 개에 레어가 다섯 개다. 유니크 중에는 스킬 북도 있었다.

그런데도 그들은 눈길조차 돌리지 않았다. 정말 동생 하나 잘 뒀고 그녀도 괜찮다고 생각했다.

"후, 좀 쉬자."

어차피 하루 동안은 무기력 상태다. 오늘은 쉬고 다음 날 시험을 보는 게 좋을 듯했다.

"기대된다."

드디어 고대하고 고대하던 3차 전직이 코앞까지 다가왔다.

*　　　*　　　*

> 언데드 연합군의 총사령관 다크 나이트 아달델칸 백작이 사망했습니다.

> …….

> …….

"이겼어?"

타마라스는 여러 알림음이 들림에도 신경 쓰지 않았다.

"이겼다고?"

점점 그의 음성에 감정이 실렸다. 좋은 감정일 리가 없다. 그것은 질투, 분노, 시기, 좌절 등의 온갖 마이너스적 감정이었다.

"키키키키!"

혼자서 잡았는지 둘이서 잡았는지 따위는 관심 밖이다. 중요한 것은 그가 아달델칸을 잡았다는 것이다.

더욱 웃긴 것은 타마라스 본인이 공적 3위 안에도 들지 못한데, 있었다. 바하무트와 슈타이너, 그리고 다른 한 명이 3위까지 모두 독차지했다.

전쟁에 승리했다는 퀘스트 성공 알림이 뜨자 언데드 군단의 기세가 땅바닥으로 곤두박질쳤다. 눈에 보일 정도로 소극적으로 변해 버렸다.

아직도 저곳에는 고위 마족이 둘이나 있었지만, 총사령관이 죽자 쥐새끼처럼 숨어버렸다.

엄밀히 따지면 원정대가 언데드 군단과 비교해서 전력이 높다고 말할 순 없다. 성벽을 오르지도 성문을 부수지도 못했다. 진행되는 상황은 여전히 똑같았다.

"마스터."

타마라스가 상념에 잠겨 있을 때 길드의 십이간부 중 그와 처음부터 행동했던 수하가 말을 걸어왔다.

제법 쓸 만했기에 다른 놈들에게는 함부로 해도 이 녀석만큼은 약간 존중해 주는 편이었다.

"전쟁과 국왕 때문에 왔겠지?"

"예."

전쟁은 끝났다. 이제 돌아가기만 하면 된다.

이곳에서 며칠 더 사냥한다면 분명 레벨업도 하고 고위 마족도 잡아 유니크 아이템을 얻을 수 있을 것이다. 아마 평범한 유저들이었다면 아이템과 레벨업에 혹해서 잔류를 택했겠지.

"영지에 집결시켜 놓은 병력은?"

"오만입니다."

"적군."

"어쩔 수가 없었습니다. 이번 원정에 투입된 인원들 때문에 오만도 겨우 모았습니다."

"그럼 남아 있는 유저들을 설득시킬 경우의 병력은?"

"십오만입니다."

타마라스는 15만이라는 숫자에 불만족도 만족도 아닌 모호한 표정을 지었다. 대군이기는 했으나 대업을 도모하기에는 부족했다.

"우리에게 붙은 영주들의 병력은?"

"10만이 조금 넘습니다."

"그럼 25만인가?"

25만의 병력이면 소극적으로 행동해야 한다. 정면으로 부딪치기에는 매우 열세였다. 그래도 욕심을 부리지 않는다면 충분히 훗날을 기약할 수 있었다.

시간이야 좀 걸리겠지만.

"국왕은?"

"그대로 내버려 두었습니다."

아카벨트 국왕은 현재 스켈레톤 킹과의 전투에서 입은 처참한 상처로 사경을 헤매는 중이다. 재빨리 회복 포션과 신관의 치료를 받아야 할 정도로 심각했다.

그가 젊었다면 스스로 몸을 회복시킬 수 있었을 텐데, 너무

늙은 나머지 정신력과 체력 전부가 저하되어 외부의 도움을 받아야 했다.

"국왕 직할 병력의 상태는?"

"반 정도 남았습니다."

처음 10만을 대동했으니 5만이 남았단 소리다. 아직도 충분히 대군이었다. 타마라스는 의미심장한 미소를 지으며 국왕이 누워 있는 막사를 찾아갔다.

그곳에는 국왕을 지키는 천명의 병사들과 수십의 기사가 자리를 잡고 있었다. 원래 고위 귀족 이상만 돼도 전속 신관과 포션 등을 충분히 챙긴다.

그러나 이번에는 타마라스가 그러한 것들을 총괄했기에 국왕의 수하들이 챙겨온 포션으로는 상태를 호전시키기 어려웠다.

이러한 현상만 봐도 다모스 왕국에서 타마라스가 지닌 입지가 어느 정도인지를 여실히 보여줬다.

왕의 신임을 받는 자. 그가 바로 타마라스였다.

"오! 타마라스 백작!"

국왕의 근위 기사가 타마라스를 보며 반갑게 외쳤다. 그가 왔으니 이제 신관의 치료를 받고 포션을 복용하면 국왕은 곧 되살아날 것이다.

"타마라스… 백작… 전쟁은… 승리했는가?"

아카벨트 국왕은 거의 죽기 직전이라 말을 하는 것조차 힘들어 힘들어했다.

"아달델칸의 목을 베었습니다."

누가 베었는지는 상관없었다. 죽었다는 것이 중요했다. 아
카벨트 국왕의 얼굴 표정도 누가 죽였는가보다는 죽었다는
것 자체에 비중을 두는 듯했다.

"마족… 들은?"

"아직도 성을 뚫지 못하고 있습니다. 전하, 저에게 병력의
통제권을 넘겨주시면 모조리 섬멸시켜 버리겠습니다."

타마라스는 무릎을 꿇고 간청했다. 그러자 그 모습을 옆에
서 보고 있던 근위 기사가 기겁하며 말했다.

"그게 무슨 말이오! 병력 통제권이라니!"

원하는 목표를 이뤘고 이미 전쟁은 끝났다. 굳이 벌집을 쑤
실 필요는 없었다.

"나의 군대와 오만의 병력을 합치면 한 번에 마족을 쓸어
버릴 수가 있소."

"이미 전쟁은 끝났소! 그리고 만약 전쟁을 이어야 한다면
당신의 군대를 국왕 폐하에게 넘겨야 하는 것이 신하의 도리
외다!"

"신의 축복을 받은 존재들을 통제할 수 있다고 보시오?"

근위 기사는 정곡을 찌르는 타마라스의 답변에 말문이 턱
하고 막혔다. 신의 축복을 받은 자들은 유저들을 말하는 것이
다.

이곳의 인간이 아닌, 다른 세상에서 넘어온 사람들이기에 왕족과 귀족의 권위가 통하지 않는 제 멋대로의 족속들이었다.

하려면 못 할 것도 없지만, 통제가 제대로 되지 않을 것이다.

"그건, 그래도……."

"타마라스 백작! 통제권을 넘겨… 주지! 저 간… 악한 마족들을 쓸… 어버리게!"

[아카벨트 국왕의 직할 병력, 5만의 병력 통제권을 획득했습니다.]

"기다리십시오. 적을 말살하고 오겠나이다."

타마라스는 신하의 예를 취한 이후에 일어서며 근위 기사를 불렀다.

"잠시 이야기를 하고 싶소."

"그럽시다."

타마라스는 십이간부를 국왕의 막사에 둔 채로 근위 기사만 데리고 바깥으로 나왔다.

"무슨 말… 커헉!"

푹푹푹푹!

타마라스의 검이 번개처럼 뽑히면서 근위 기사의 온몸을 찔렀다. 순식간에 수십 번 이상을 찔린 근위 기사는 아무런 말도 하지 못하고 즉사했다.

"개같이 조잘거리는군."

그는 검에 묻은 피를 닦으며 파티로 맺어진 간부들에게 전체 말을 날렸다.

[대기하라.]

[알겠습니다.]

본래부터 이 전쟁을 틈타 국왕을 직접 죽이거나 마족에게 죽게 놔두려고 했다. 계획대로 된 것이다.

게다가 병력 통제권까지 넘어왔다. 멍청한 국왕 놈은 사경을 헤매고 있어서 사리분별을 하지 못했다.

25만 병력에 오만을 더한 30만이면 못해도 다모스 왕국의 오 분의 일은 흡수할 수 있었다. 타마라스는 반란을 꿈꿨다. 권력에 욕심이 있어서가 아니다.

그런 것 따윈 관심도 없었다. 모두 바하무트와 슈타이너를 죽이기 위해서다. 본인 혼자의 능력이나 검은 악마 길드의 세력으로는 불가능했다.

더욱 큰 힘이 필요했다. 바하무트에게 처참하게 죽은 그날 이후부터 고민했던 일이다. 힘을 가지려면 어떻게 해야 할까?

개인을 정비하거나 세력을 늘려야 한다. 문제는 검은 악마 길드가 포화상태라는 점이다.

더 늘리려면 작위를 높여야 하는데 포가튼 사가는 길드에 관한 제재가 상당히 엄격했다.

생각해 보라. 평범한 유저가 왕국 안에 백만 길드원을 보유하고 있다면 어떨 것 같은가? 반란을 일으키면? 막을 방법은?

그렇기에 각국의 NPC들은 유저들의 작위에 따라 길드원을 받을 수 있는 숫자를 정해놨다. 타마라스는 백작이었고 길드의 십이간부들은 전부 남작이었다.

거기에 맞춰서 세력을 늘리려니 힘이 들었다. 더더욱 높은 작위가 필요했다. 후작? 공작? 아니다.

원하는 대로 모을 수 있는 지고한 위치. 그렇게 생각해 낸 게 왕이었다. 왕위를 얻으려면 직접 나라를 세우든가 반란을 일으켜 찬탈해야 한다.

직접 세우는 건 시간도 오래 걸리고 돈도 많이 들어갔다. 안전성으로 따지면 세우는 게 가장 좋지만, 타마라스는 오랜 시간을 기다리기 싫었다. 그 때문에 왕위 찬탈에 필요한 자료를 모았다.

그러던 중 우연히 국왕의 잃어버린 팔에 관한 내용을 알아냈고 그를 설득하여 죽은 자들의 왕국까지 온 것이다. 일국의 왕을 직접 전쟁터에 끌어들이는 일이다.

말로는 설명 못할 엄청난 노력이 깃들어졌다. 그리고 그곳에서 국왕을 죽여 버리기로 계획을 짰다.

현 국왕에게는 자식이 둘이 있는데 둘 다 병신이었다. 능력은 없고 왕위만 노리는 저능아들이었다. 국왕이 죽으면 분명 내전에 갈 거라고 장담했다.

그 내전에서 빠져나와 작은 소국을 얻는 게 그의 목표였다. 병신 같은 왕자들이지만 그들에게는 300레벨이 넘는 울티메이트 마스터가 한 명씩 붙어 있었다.

분수에 모르고 욕심을 크게 부렸다간 본전도 찾지 못할 것이다. 위험한 도박이었지만 해야만 했다. 바하무트의 레벨을 예상컨대, 곧 3차 전직을 하여 어마어마한 권능을 손에 쥘 것이다.

따라잡기에는 늦었다. 놈은 개인의 힘을, 자신은 세력의 힘을 키우는 거다. 그리되면 종국에는 강한 사람만이 남으리라.

"킥!"

타마라스는 땅바닥에 쓰러져 있는 근위 기사를 보며 비릿하게 웃었다. 바보 같은 국왕은 자신을 철석같이 믿고 충신들의 숫자를 최소한으로 데려왔다.

"치워."

주변에서 상황을 지켜보던 검은 악마 길드원들이 나타나 시체를 감쪽같이 치웠다. 포가튼 사가는 현실과 게임이 적절하게 섞인 하나의 세상이다.

다른 시체는 몰라도 인간 NPC의 시체는 사라지지 않는다. 하여 들키지 않으려면 숨겨야 한다.

영향력이 막강한 NPC가 모종의 이유로 죽으면 포가튼 사가 시스템에 의해 대륙 전체로 전달된다. 그러나 별 쓸모없는

NPC라면 지금처럼 아무런 현상도 일어나지 않는다.

아마도 다른 NPC들은 그가 국왕을 위해 마족들과 싸우다가 죽은 것으로 알게 될 것이다.

물론, 국왕은 치료를 받지 못해 죽을 것이고.

타마라스는 수하들에게 알려 검은 악마 길드원과 손발을 맞출 유저들을 최대한으로 끌어모았다. 다른 유저들은 사냥을 하다가 뒤지든지 살든지 관심 없었다.

그는 자신을 따르는 10만의 유저와 5만의 NPC 병력을 데리고 전장을 빠져나갔다. 남아 있는 이만 명의 유저는 빠져나가는 그들을 보며 결정을 해야 했다. 사냥을 할지, 같이 빠져나갈지.

*　　　*　　　*

타마라스는 죽은 자들의 왕국을 빠져나가기 바로 직전에 국왕을 찾아갔다.

너무 티 나게 행동하면 낌새를 느낀 그가 병력 통제권을 도로 박탈할 수도 있었다.

또한, 시차를 무시하고 일을 벌이면 두 왕자에게 내전 준비의 여유 시간을 주는 꼴이 된다.

모름지기 큰일을 도모하려면 처음부터 끝까지 방심의 끈을 놔서는 안 된다.

"크헉! 타마라스… 네가 어찌!"

"병신 같은 국왕 놈아. 그만 죽고 다모스 왕국은 나에게 맡겨."

타마라스는 아카벨트 국왕의 귀에다 대고 반란을 하려는데 어떻게 생각하느냐는 식으로 그를 조롱했다.

사경을 헤매던 아카벨트 국왕은 도발을 견디지 못하고 심장을 움켜쥐었다.

"큭큭큭큭!"

칼로 찔러 죽이는 것보다도 말로 죽이는 게 더욱 짜릿했다. 육체의 고통이 아닌 정신이 고통받는 모습은 정말이지 최고였다.

오늘을 위해 몇 달을 개처럼 기었다. 그러한 고생을 한 번에 보상받는 기분에 타마라스는 행복했다.

"무능력한 두 아들 새끼 장례는 내가 잘 치러줄게. 아, 꽃다운 여왕들도 걱정하지 말고?"

"커… 헉!"

아들과 여왕들까지 들먹이자 더는 버티지 못한 아카벨트 국왕이 심장마비로 사망했다.

다모스 왕국의 국왕 다모스 폰 아카벨트 4세가 사망했습니다.

다모스 왕국이 내전에 들어갑니다.

누가 죽였는지는 절대 뜨지 않는다. 범인을 찾으려면 직접 움직여야 한다. 영향력이 강한 NPC가 죽었기에 국왕의 죽음은 알려줬다. 대처할 수 있게 만들기 위함이다.

이제 두 왕자가 내전에 들어갔다. 각 귀족은 자신이 줄을 댄 왕자가 왕이 되게 하도록 노력할 것이다. 그리고 그 사이에서 타마라스가 자신을 따르는 중소귀족들을 데리고 야금야금 땅따먹기하면 된다.

"키키키키!"

타마라스가 음산하게 웃었다. 남들이 질겁하고 싫어하는 것이 그는 미치도록 좋았다. 왜 그런지 모르겠다. 그냥 어렸을 적부터 그랬다.

"재미있는 인간 놈이로구나."

타마라스는 느끼지 못했으나 그의 머리 위 상공 20미터 정도에는 원정대를 지켜보는 정체불명의 존재들이 있었다.

다른 유저들은 몰라도 이렇게 가까운 거리에서 타마라스의 감각을 벗어난 건 쉽게 볼 일이 아니었다.

"저희보다 더욱 사악한 인간입니다. 인간들의 용어를 빌리지만 악마 같은 인간? 악마보다 더한 인간? 정도 되겠군요."

"마음에 든다."

로브를 뒤집어쓴 존재는 창백한 안색을 지닌 사내에게 극도의 공경을 취했다.

"저놈 정도면 좋겠지?"

"좋기는 한데 축복을 받은 놈들은 변수가 너무 심해서 말입니다."

"괜찮아. 일단 좋다는 걸로 보지."

"제가 무슨 힘이 있겠습니까?"

도통 내용을 알 수 없는 이야기였다. 중요한 것은 그들이 타마라스에게 뭔가를 원하고 있다는 것이다. 그러한 상황을 아는지 모르는지 타마라스는 자신이 해낸 일에 대해 기뻐하기만 했다.

"먼저 가마. 아! 그에게 안부나 전해주거라."

"예, 전하."

창백한 인상의 사내가 사라지자 혼자 남은 검은 로브의 존재가 저 멀리 아달델칸의 성을 싸늘하게 쳐다봤다.

"곧 후작 위를 받을 놈이 허무하게 갔군. 안 그런가?"

"선택받은 자들이 통과 의례를 수행할 때는 방해할 수 없는 법이니까."

스으으윽.

은신이 풀리며 나타난 존재는 드래드누스에 있어야 할 염화룡장 벨케루다인이었다.

"아아! 맞는 말이지. 하지만 끼어들려면 못할 것도 없지 않겠나?"

"그랬다면 내가 가만히 있지 않았을 거다."

"무섭군. 무서워."

사실 창백한 인상의 사내와 검은 로브의 존재는 바하무트 일행이 아달델칸을 죽일 적에 멀찍이서 그 광경을 지켜보고 있었다.

그러나 그들이 지켜보던 것처럼 벨케루다인도 보고 있었기에 끼어들지 않았다.

유저들에게는 퀘스트이며 포가튼 사가에서는 통과 의례라 불리는 그것은, 창조신에 의해 방해하는 것이 엄격히 금지됐다.

이를 어기고 억지로 끼어들려면 상당한 각오를 해야 한다. 그래서 아달델칸이 죽는데도 지켜만 봤다. 사실 말만 이리했을 뿐, 끼어들 생각도 없었다.

"무슨 일을 벌이려는 거지?"

"날 이기면 대답해 주겠네."

"그래? 칠백 년 전인가? 마지막으로 붙은 것이?"

"농담일세. 자네와 이곳에서 싸우면 이곳 전체가 날아갈 것이야. 아군에게 피해를 줄 순 없는 일이지."

검은 로브의 존재는 그렇게 말을 하면서 점점 흐릿하게 변했다. 마법이 캐스팅되며 이곳을 벗어나려 함이었다.

"이만 가야겠군. 즐거웠네."

"다음에 보면 둘 중 하나는 죽었으면 좋겠군."

"나 역시."

파팟!

"불안하군. 뭔 짓을 벌일지."

마족들은 항상 머리에 기괴한 생각을 달고 살았다. 상식이 통하지 않으니 행동을 예측하기가 어려웠다.

지금만 해도 계획하고 있는 무언가가 있는 것 같은데 감도 잡히지 않았다.

"어쨌든 통과한 것을 축하한다, 바하무트."

팟!

벨케루다인 역시 그 말을 끝으로 모습을 감추었다.

5장
벨케루다인과의 대련

오랜만에 한숨 푹 자고 포가튼 사가에 접속한 바하무트는 인터넷을 실행시켜 포가튼 플레이포럼으로 들어갔다. 아직도 본래의 능력을 되찾으려면 몇 시간이 남은 상태였다.

염열지옥 등의 고급 기술과 용투기를 원하는 대로 응용하려면 300레벨에 꼭 도달해야 했다. 원하는 목표를 달성하면 그때부터는 천천히 사냥을 즐기며 399를 달성하면 된다.

2차 전직을 하고 299까지 올리는 데만 일 년 반이 걸렸다. 아마 399가 되려면 못해도 이 년은 걸릴 것이다. 전직 단계를 뛰어넘을 때마다 부가되는 경험치는 상상을 초월한다.

레벨을 올리기가 정말 끔찍하리만큼 어렵겠지만 3차 전직이 가져다주는 매력을 생각하면 충분히 견딜 수 있었다.

아이템을 제외한 캐릭터 자체 보유 능력치가 두 배로 증가하며 +100의 능력치 포인트도 부여된다. 스킬 등의 숙련도도 대폭 증가한다.

강해진다는 표현의 범위가 너무 넓어서 어떻게 설명해야 할지도 모르겠다. 확실한 것은 이사벨라와 힘을 합치고 슈타이너의 도움까지 받아 해치운 아달델칸보다는 훨씬 강해질 것이다.

강해진다는 건 활동 범위가 넓어진다는 것과 같았다. 남들이 못 가는 사냥터를 혼자서 휘저을지도 모른다. 물론, 3차 전직을 하고도 못 가는 곳이 있을 것이고 대적 불가의 몬스터도 있을 것이다.

말 그대로 폭이 넓어진다는 뜻이다. 이제 벨케루다인과의 대련만 끝나면 3차 전직이다. 어떤 형식으로 대련이 진행될지는 몰라도 쉬울 리가 없었다.

제약이 풀리면 바로 가서 시험을 볼 것이다. 슈타이너와 이사벨라는 아직도 사냥하는지 죽은 자들의 왕국을 벗어나지 않고 있었다.

"재미난 것 없나."

시간 보내기에는 포가튼 플레이포럼이 최고였다. 수억 명의 유저가 즐기는 게임답게 별의별 것들이 다 올라왔다. 꽤 오랜만에 들어와서 새로운 정보와 볼거리가 넘쳐났다.

〈포스 쩌는 언데드 군단〉

"원정대에 참여한 유저인가 보네."

동영상 게시판에 들어가니 올라온 지 몇 시간 되지도 않았
는데 벌써 수백만의 조회 수가 누적된 죽은 자들의 왕국 전쟁
영상이 올라와 있었다.

전쟁을 직접 경험한 바하무트로선 그리 신선한 것이 아니
었기에 다른 게시판 쪽으로 눈을 돌렸다.

〈다모스 왕국 내전 발생〉

"다모스? 다모스면 아카벨트 국왕이랑 타마라스 놈 세력권
인데."

바하무트는 게시판 글을 클릭했다. 포스 쩌는 언데드 군단
과 맞먹는 조회수와 수천 개가 넘는 댓글들이 줄줄이 뒤를 이
었다.

작성자 : 정보분석관

제가 생각하는 건 순전히 가설입니다. 시작하죠. 모두 국왕 죽
은 건 모두들 알고 계실 겁니다. 전체 공지 떴으니까요. 근데 좀

의심스럽습니다.

왜냐고요? 일단 국왕이 자신의 팔을 자른 마족 죽이려고 직속 병력 몰고 온 것은 모두 아실 겁니다. 일국의 국왕이 직접 몬스터 소굴로 들어간다는 것 상상이 됩니까?

뭐, 본인이 그랜드 마스터에다가 마족에게 원한도 있고 생명도 얼마 안 남았다고 했으니 넘어가죠. 보신 분들은 아실 텐데 국왕, 스켈레톤 킹이랑 싸우다가 하느님 보기 직전에 사탄의 자식, 타마라스가 구해줬습니다.

시체 다된 국왕을 데리고 본진으로 돌아갔죠. 가설입니다. 어떤 유저가 아달델칸 죽이고 전쟁 종결시킨 건 아시죠? 그리고 타마라스는 자기 길드 원들 먼저 본진으로 집결시키고 그다음에 다른 유저들을 집결시켰습니다.

마지막으로 NPC 병력 전부를 데리고 왕국으로 돌아갔죠. 근데 웃긴 건 병사 놈들이 기사나 다른 귀족 말을 듣는 게 아니라 타마라스 놈 말을 들었다는 겁니다.

포가튼 사가 하는 유저 분들이라면 다 아는 사실인데 병력 통제권 넘어가면 그렇게 됩니다. 국왕이 타마라스에게 병력 통제권 넘겼다는 뜻이죠.

왜 넘겼는지는 모릅니다. 늙었으니 미쳤을 수도 있죠. 그런데 제 실제 친구가 검은 악마 길드 소속이라 물어봤는데 타마라스가 자기 영지에 은밀히 5만 병력을 집결시켰다는 겁니다.

왕국으로 향하는 원정대의 숫자와 NPC 병력이 15만이니까, 합치면 무려 20만입니다. 오소국처럼 작은 국가와는 전쟁도 가능한 숫자죠.

　여기서부터 재밌는 건, 국왕 할아범 분명히 살아 있었습니다. 아무리 늙었어도 그랜드 마스터라서 쉽게 안 죽죠. 근데 죽었습니다. 그것도 타마라스에게 병력 통제권 넘기고요.

　아직 원정대가 다모스 왕국에 도착을 못해서 확실히는 몰라도 타마라스가 국왕 죽이고 왕국 내전 일으킨 게 분명합니다. 이는 반란을 일으킨단 소리인데 성공하면 진짜 저희 망합니다.

　검은 악마 길드가 검은 악마 왕국 되면 아마 유저들은 몰살당할 겁니다. 아무튼, 며칠 뒤에 왕국에 도착하면 대체 뭔 생각을 하는지 알게 되겠죠.

　만약 반란에 내전이면 저는 왕자들 편에 서서 타마라스를 죽이기 위해 노력할 겁니다.

　하늘빛 : 타마라스 개새끼! 검은 악마 길드한테 열 번은 죽은 듯.

　달나라 : 왕 되면 난리 나겠네.

　블루 다이아몬드 : 나 검은 악마 길드다. 너 척살 당할래?

　하이톤 : —————여기까지 호구들의 합창이었습니다.

정보 분석관은 포가튼 사가 내에서 정보 분석으로 유명한 유저였다. 바하무트는 그가 올린 글의 내용을 읽으며 타마라스라면 충분히 그러고도 남을 놈이라고 생각했다.

검은 악마 길드는 다른 중소 길드의 고혈을 빨아먹으면서 키운 비매너 집단이다. 목표를 위해서는 수단과 방법을 가리지 않으니 왕을 죽였다는 분석은 충분히 일리가 있었다.

"그놈이 왕이라."

그야말로 막장이다. 왕이 된다고 해서 본성이 바뀌겠는가?

모르긴 몰라도 자신을 막을 자가 없으니 더 심해질 것이다. 브레이크가 고장 난 스포츠카처럼 달려 나갈 게 분명했다.

"진짜 왕 되면 위험한데 이거."

3차 전직만 하면 괜찮겠지만 그래도 찝찝한 건 찝찝한 거였다.

"다모스 왕국. 흠!"

다모스 왕국은 대륙에서 헬렌비아 제국을 제외하면 가장 강력한 군사력을 지닌 군사 강국이다. 국왕부터가 그랜드 마스터이니 설명이 필요 없었다.

보유하고 있는 병력만 100만이다. 귀족들의 사병과 전시 때 시행하는 징병까지 합하면 200만은 될 것이다. 아무리 타마라스가 수십만의 병력을 지니고 있어도 다모스 왕국을 집어삼키지는 못한다.

그런데 내전이란다. 국왕이 죽었기에 서로 조금이라도 영역을 넓히기 위해 싸울 것이다. 타마라스는 그 틈을 이용해 최대한 자신의 이득을 챙겨 뒤로 빠질 생각인가 보다.

다모스 왕국의 10%만 먹어치워도 약소국가 반절에 해당하는 국력을 얻게 된다. 말이 10%지, 그 정도면 보유하고 있는 국민의 숫자가 1,000만은 족히 넘는다. 결코, 환영할 만한 상황이 아니다.

"정말 그놈이 원하는 대로 되면 난장판 되겠구나."

슈타이너가 알면 길길이 노할 것이다. 당장 가서 망치자고 할지도 몰랐다. 그러나 그건 무리였다. 자신은 루펠린 왕국의 자작이다.

가서 난장판을 피우면 루펠린 왕국이 개입하는 것으로 사건이 커질 수도 있었다. 반대로 타마라스가 왕이 돼도 자신과 슈타이너를 함부로 건들지는 못한다.

외교관계에 의해 타국의 귀족을 건드는 건 소속된 왕국을 건드는 거니까.

"와, 진짜 이번에 작위 안 팔기를 잘했다."

작위는 유니크 아이템보다도 매물이 없다. 포가튼 사가의 수억 유저 중에서 영지를 소유한 남작 이상의 작위를 지닌 유저는 1,000명도 되지 않는다.

땅덩이가 한정되어 있기 때문이다. 공적 1위를 하여 작위와 영지를 주는 것도 땅이 남았을 때나 가능하지 없으면 아이템과 기타 물품으로 대체한다.

그런 이유 탓에 영지가 매물로 나오면 팔대길드나 돈 좀 있다고 자부하는 유저들이 구매를 목적으로 벌 떼처럼 달려들었다.

"그러고 보니 아달델칸이 뭘 줬을까?"

잡다한 것을 제외하면 유니크 아이템 두 개와 유니크 스킬북 한 개, 레어 아이템 다섯 개였다.

[어둠의 마검 : 유니크 2/2]

설명 : 고위 언데드 다크 나이트 아달델칸 백작이 살아생전부터 죽어서까지 사용했던 마검으로 그의 기운이 서려 있다.

제한 : 1차 전직 이상. **종류** : 대검, **내구도** : 650/650, **공격력** : 1150~1850.

근력 +120, 체력 +100, 민첩 +70, 지능 +50, 암 속성 강화 + 60, 암 속성 저항 + 50.

특수 옵션 : 공격 시 5% 확률로 상대를 5초간 암흑 상태로 만든다.

세트 효과 : 착용 시 다크 나이트로 변신 가능, 초당 생명력 −10.

변신 제한 : 자작 이상의 작위를 지닌 마족에게 간파.

[어둠의 보호자 : 유니크 2/2]

설명 : 고위 언데드 다크 나이트 아달델칸 백작이 살아생전부터 죽어서까지 사용했던 마갑옷으로 그의 기운이 서려 있다.

제한 : 1차 전직 이상, **종류** : 전신 갑옷, **내구도** : 3500/3500, **방어력** : 7500.
근력 +650, 체력 +650, 민첩 +500, 지능 +500, 암 속성 강화 +300, 암 속성 저항 +320
특수 옵션 : 하루에 3번 다크 오러 베리어 생성 데미지 50% 감소
세트 효과 : 착용 시 다크 나이트로 변신 가능, 초당 생명력 -10.
변신 제한 : 자작 이상의 작위를 지닌 마족에게 간파.

[다크 오러 연공법 : 유니크]

설명 : 미숙했던 데스 나이트 아달델칸을 다크 나이트를 넘어 헬 나이트를 바라볼 수 있게 만든 연공법.
종류 : 스킬 북. (패시브)
제한 : 1차 전직 이상.

"대박이군."

어둠의 마검은 같은 대검인 광란의 울부짖음보다도 훨씬 좋았다. 확실히 좌절등급 몬스터에도 격차가 있어서인지 오크로드보다 아달델칸이 떨어뜨린 아이템이 능력치 면에서는 월등했다.

"이것만 있으면 마족이 될 수도 있겠군."

제한이 붙은 게 아쉽지만 어떻게 보면 당연했다. 제한이 없다면 못 갈 곳이 없었다. 어둠의 미궁 99층에 가거나 죽은 자들의 왕국에 들어가 워리놈의 얼굴을 볼 수도 있었다.

"슈타이너랑 이사벨라 님에게 무엇으로 보답할까."

같이 잡았는데 혼자 독차지한 꼴이다. 바하무트는 수백 종이 넘는 아이템을 가지고 있다. 몇 개씩 중복되는 것도 있고 안 되는 것도 있는데 모두 그의 컬렉션이다.

영지는 가지고 있어 봐야 귀찮아서 팔았지만, 아이템은 비싸게 구매한 아공간 주머니에 보관했다.

돈이 궁하지 않아서 특이하거나 구하기 어려운 아이템을 게임을 시작했을 때부터 모았고 지금에 와서는 그 양이 엄청났다. 남들은 하나도 구하기 어려운 유니크 아이템들도 넘치도록 많았다.

"3차 전직하고 보답해야지."

각자 원하는 유니크 아이템을 하나씩 선물하면 될 것 같았다. 컬렉션을 보여주고 가지고 싶은 것을 주면 된다.

> 하루 동안 제한된 페널티가 사라졌습니다.

"오, 드디어!"

이것저것 생각하는 사이에 페널티가 풀렸다. 드디어 결전의 순간이 다가온 것이다. 바하무트는 혹시 몰라 각종 포션과 보조물품들을 구매했다.

어차피 나중에 사냥을 갈 때 사야 했고 시험에 필요할지도 몰랐다. 더불어 장비도 수리했다. 아달델칸과 싸우느냐고 장비의 내구도가 반절이나 깎였다.

"우선 보내놔야지."

바하무트는 친구 찾기를 열어 자신의 컬렉션에 대한 정보가 담긴 아이템 목록을 슈타이너와 이사벨라에게 보냈다.

편지 형식으로 전달되기 때문에 바로 종이로 꺼내 보면 된다. 아마 알아서들 고를 거다.

"후우! 긴장하지 말자."

너무 떨렸다. 4차 전직은 앞으로 몇 년을 더 해야 할지 모른다. 어쩌면 그전에 접을 수도 있다. 그렇기에 당장 코앞으로 다가온 3차 전직은 그에게 있어서 정말 중요했다.

떨어진다고 해서 포기하지는 않겠지만 많은 유저들과의 차이가 좁혀질 것이다. 어쩌면 이사벨라가 자신을 추월할 수도 있었다.

"좋아. 가볼까?"

무슨 일이 있어도 성공해야 했다.

＊　　　＊　　　＊

바하무트는 벨케루다인의 성으로 곧바로 텔레포트했다. 길을 지나 그의 성으로 들어갔다.

그런데 그가 바깥에 나와 있었다. 성 내부로 통하는 길옆에는 용족의 훈련을 위하여 여러 개의 연무장이 있었는데 그중 한 곳에 자리를 잡고 있었다.

마지막 시험인 대련 때문인 듯했다.

"훌륭하구나."

"아닙니다."

"아니다. 아달델칸은 백작 중에서도 가장 강한 편에 속한다. 네가 상대하기에는 어려웠을 텐데 훌륭하다."

바하무트는 세 명에서 합공을 해서 겨우 이겼다는 말은 제외했다. 어차피 그에게 있어서 중요한 것은 아달델칸을 죽였다는 것이었다.

벨케루다인도 굳이 표시를 내지 않았다. 통과 의례에 걸리지 않고 승리했으니 아무런 문제도 없어서다.

"마지막 시험은 나와의 대련이다."

바하무트는 그가 하는 말을 조용히 경청했다.

"나를 이긴다는 것은 불가능하다. 나는 너에게서 한 가지만을 볼 것이다."

"그게 어떤 겁니까?"

"최선."

전력을 다하라는 말 같았다. 단어 자체의 해석은 어렵지 않았다. 진정 바하무트가 궁금한 것은 합격의 기준을 어디에 뒀느냐다.

"그게 전부입니까?"

"그렇다."

바하무트는 몇 가지를 더 물어봤지만, 벨케루다인은 별말이 없었다.

"시작하겠느냐?"

> 3차 전직 마지막 퀘스트 벨케루다인과의 대련을 시작하시겠습니까?

"수락."

바하무트는 더 생각하지 않고 수락했다. 그러자 벨케루다인과 바하무트 사이에 배틀 필드가 형성됐다. 배틀 필드는 일대일 PVP가 안전하게 진행되도록 만들어진 일종의 대련 시스템이다.

의사와 상관없이 일방적으로 싸워야 되는 PK와는 달랐다.

"현신."

> 본체로 현신하셨습니다. 본신 능력이 두 배로 증가하며 모든 종류의
> 포션 복용이 불가능해집니다.

화염이 폭발하며 바하무트의 거대한 육체가 모습을 드러냈다. 그를 보는 벨케루다인의 눈동자는 한 치의 흔들림도 없었다.

심지어 본체로 현신조차 하지 않았다.

'399레벨.'

벨케루다인은 399레벨이다. 삼십육 용장군 중에서 가장 강한 대장군이었다. 인간의 모습으로 싸운다고 해서 약한 모습을 기대하는 건 말도 안 된다.

우우웅!

> 용투기를 전력으로 전개하셨습니다.

> 한 시간 동안 모든 능력치가 20% 증가합니다.

> 한 시간이 지나면 본체와 용투기가 풀리면서 하루 동안 무기력 상태가 유지됩니다.

바하무트는 용투기를 다시 전력으로 전개했다. 페널티가 사라진 지 얼마 되지 않았지만, 최선이란 단어가 신경 쓰였다. 한계점까지 끌어 올린 용투기가 전신을 갑옷처럼 둘러쌌다.

용투기를 사용하고 지니고 있던 온갖 버프 스크롤을 찢어 능력치를 도핑하자 힘이 넘쳐흘렀다. 최대한 할 수 있는 것은 다 했다. 어지간한 각오로는 벨케루다인의 몸에 손끝조차 대지 못한다.

폭화 언령술 : 이 조합 스킬.
불타오를 첨(沾), 번질 람(濫).
첨람(沾濫) : 불타 번져라.

화르르륵!
바하무트의 육체를 중심으로 뜨거운 화염이 뻗어 나가며 연무장 전체에 열기가 미쳤다. 평범한 지역이었다면 사방을 뒤덮는 불길에 잿더미가 됐을 테지만 이곳은 드래드누스라서 열기에 의해 건물들이 녹거나 하지는 않았다.

벨케루다인은 바하무트의 열기를 코앞에서 맞으면서도 내

색하지 않았다. 그럴 만도 하다. 그는 바하무트와 같은 레드 드래고니언임과 동시에 더욱 높은 경지를 이룬 존재였다.

폭화 언령술 : 삼 조합 스킬.
뜨거울 염(炎), 임금 왕(王), 주먹 권(拳).
염왕권(炎王拳) : 염왕의 주먹.

쾅!
바하무트의 우람한 팔이 움직이며 동그란 화염의 주먹이 일직선으로 터져 나갔다.
퍼엉!
"제길!"
벨케루다인은 제자리에서 움직이지도 않은 채 파리를 쫓아내듯 손등으로 가볍게 후려쳤고 충격을 버티지 못한 염왕권이 폭발했다.

폭화 언령술 : 삼 조합 스킬.
일백 백(百), 불 화(火), 구슬 주(珠).
백화주(百火珠) : 백 개의 불꽃 구슬.

백화주가 생성되며 벨케루다인의 모든 퇴로를 차단했다. 하나하나의 공격은 염왕권보다 약하지만 백 개의 공격력 전체는 두 배가 넘었다.

콰콰쾅!

폭화 언령술 : 삼 조합 스킬.
터질 폭(爆), 뜨거울 염(炎), 바람 풍(風).
폭염풍(爆炎風) : 폭발하는 뜨거운 바람.

거대한 불꽃의 회오리가 백화주가 터진 정중앙에서 생성되며 모든 열기를 이끌고 휘돌았다. 찢어발길 뿐만 아니라 초고열의 영향으로 웬만한 몬스터는 수초도 버티지 못하고 녹아내리는 기술이었다.

아달델칸도 이 기술을 맞고 다크 오러가 손상됐다.

슈아아!

백화주와 폭염풍의 화력이 어딘가로 흡수되었다. 조금씩 크기를 줄여 나가던 두 기술이 뭉친 곳은 벨케루다인의 왼손이었다.

정말 붉었다. 피처럼 붉은 사람 머리통만 한 구체에서 엄청난 기운이 느껴졌다. 바하무트가 남발한 기술을 아주 작게 응축한 것이다.

"다냐?"

음성에 고저가 없고, 무심했다. 마치 실망했다는 말투였다. 평소 자상했던 그에게선 보지 못한 모습이어선지 매우 낯

설었다.

"이번에는 네가 막아보아라."

타앙!

폭화 언령술 : 이 조합 스킬.

불 화(火), 장막 막(幕).

화막(火幕) : 불의 장막.

화막이 생성되며 붉은 구체를 막아보려 했으나 단박에 뚫려 버렸다. 바하무트는 피하기에 늦었다고 생각했고 두 팔을 교차시켜 구체를 막았다.

콰아아앙!

"커허억!"

5미터의 거대한 육체가 누군가 가벼운 물건을 던진 것처럼 사정없이 튕겨 나갔다.

꽝!

백여 미터 뒤의 성벽까지 날아간 바하무트는 맥없이 쓰러지려는 육체를 겨우 바로 잡고 하늘로 날아올랐다.

폭화 언령술 : 사 조합 스킬.

일천 천(千), 터질 폭(爆), 불 화(火), 구슬 주(珠).

천폭화주(千爆火珠) : 터지는 천 개의 불꽃 구슬.

바하무트의 폭화 언령술 중에서 가장 강력한 기술의 한 가지인 사 조합 스킬이 펼쳐졌다.

"이번 건 괜찮구나."

우우우웅!

벨케루다인이 처음으로 용투기를 전개했다. 그에 맞춰 천 개의 구슬이 그의 용투기를 박살 내려고 달려들었다.

콰콰콰콰!

폭화 언령술 : 사 조합 스킬.

큰 대(大), 뜨거울 염(炎), 임금 왕(王), 주먹 권(拳).

대염왕권(大炎王拳) : 거대한 염왕의 주먹.

바하무트의 오른팔로 불꽃이 뭉치더니 점점 거대해졌다. 현재 그가 사용할 수 있는 폭화 언령술 중에서 가장 강력한 일격필살의 공격이었다.

거대한 불꽃 주먹이 천폭화주가 터지고 있는 곳에 작렬했다. 이곳이 드래드누스가 아니라 일반 평지나 다른 곳이었다면 폭화 언령술에 폭격당한 지역 전체가 초토화됐을 것이다.

콰아아앙!

후욱후욱!

게임은 체력보다는 심력이다. 정신이 지치면 체력도 저하

된다. 지금 바하무트는 연속된 기술을 사용하여 용투기와 생명력이 많이 저하되어 정신적으로 지쳐 있었다.

"됐나?"

피잉!

착각이었다. 용투기로 전신을 보호한 벨케루다인이 타오르는 화염을 뚫었다. 그는 눈에 보이지도 않을 속도로 날아와서 바하무트의 복부를 오른발로 후려쳤다.

퍼어어엉!

"크억!"

가죽 터지는 소리가 들렸다. 끊어쳤기 때문에 모든 타격 데미지가 복부에 집중됐다. 끝이 아니었다. 복부를 맞아서 고개를 숙인 바하무트의 등에 벨케루다인의 깍지 낀 손이 작렬했다.

쾅!

바하무트의 한계를 초월한 공격에 유지되던 부유 능력이 풀려 버렸다. 날개가 풀려 제 기능을 못하니 밑으로 떨어지는 건 당연했다.

푸화아악!

떨어지는 바하무트가 연무장을 향해 브레스를 발사했다. 조금이라도 충격량을 줄이려는 발악이었다. 그리고는 양팔과 양다리를 동시에 더뎠다.

쾅!

온몸이 찌릿찌릿하고 울렸다. 바하무트는 부들부들 떨리는 몸을 돌려 하늘을 쳐다봤다. 없었다.

"제법이다만 계속 이러면 탈락이다."

벨케루다인은 어느새 하늘에서 내려와 그의 앞에 서 있었다. 그리고는 무릎을 꿇고 있는 바하무트의 가슴팍에 용투기를 집중시킨 양손을 박아 넣었다.

콰앙!

'이거, 통과는 할 수 있는 거야?'

정신이 가닥가닥 끊기는 가운데 내심 의아함이 들었다. 이건 어른과 아이가 싸우는 격이다.

주먹질 좀 할 줄 아는 아이가 아무리 어른을 후려쳐도 어른은 아픔을 느끼지 못한다.

그러다 어른이 딱밤을 때리면 아이는 운다. 딱 그 꼴이었다.

'최선이면 된다고 했는데.'

사 조합 스킬을 무작위로 난발했다. 사용할 수 없는 오 조합 스킬을 빼면 자신의 최고 기술들이었다. 강력한 기술들을 남발하여 육체가 과부하에 걸리기 직전이다.

'다섯 개?'

오 조합 스킬을 사용하면 반드시 죽는다. 예전에 하도 궁금해서 사용해 본 적이 있었는데 스킬이 제어를 벗어나서 폭발해 버렸다.

덕분에 ─3레벨이나 하락했었다. 포가튼 사가는 한 번 죽을 때마다 레벨의 1%가 소실된다. 소수점이 걸릴 경우, 반올림 된다.

"전부냐?"

벨케루다인이 정말 실망스럽다는 투로 말했다.

그에 바하무트는 화가 났다. 상대가 안 되는 걸 알고 있었지만 이렇게까지 무력하다니.

크아아앗!

펄럭!

바하무트가 하늘 높은 곳까지 날아올랐다. 어차피 이대로 가다간 져버린다. 지면 전직 퀘스트에서의 탈락을 의미한다. 뭐라도 해봐야 했다. 죽더라도 해야 했다.

폭화 언령술은 상상과 뜻의 조합이 일치할 때 실현된다. 마구잡이식은 오히려 자기 자신을 망친다. 그렇기에 사 조합 스킬도 많이 만들지 못했다.

'예전에 사용하다 죽은 기술!'

딱, 한 가지의 오 조합 스킬을 알고 있다. 뜻과 상상도 다 맞았지만, 능력이 부족해서 사용하지 못한 그것.

폭화 언령술 : 오 조합 스킬.

터질 폭(爆), 불 화(火), 멸망할 멸(滅), 넋 혼(魂), 구슬 주(珠).

폭화멸혼주(爆火滅魂珠) : 영혼조차 멸하는 폭화의 구슬.

백화주와 천폭화주의 궁극 형태인 폭화멸혼주는 피보다 붉었다. 바하무트의 몸통만큼이나 거대한 구슬이 하늘 위에 둥둥 떠 있었다. 염열지옥보다도 뜨거운 열기가 그곳에서 뿜어져 나왔다.

> 자신의 한계를 넘는 스킬을 사용했습니다. 몸이 버티지 못합니다.

> 본체 상태가 강제로 풀립니다.

> 용투기가 취소됩니다.

> 스킬을 제어하지 못합니다.

콰아아아아아앙!

바하무트의 제어 한계를 넘어간 폭화멸혼주가 터졌다. 예전에도 이렇게 죽었다. 스킬을 쓰자마자 죽은 게 아니라 생성은 했지만, 제어를 못해서 폭발했다.

그리고 자신을 중심으로 반경 백 미터 안에 존재하는 모든 걸 녹여 버렸었다.

'또 사냥해야겠네.'

여기서 죽으면 296이다. 굵직한 퀘스트가 없다면 아무리 못해도 이 주일은 걸릴 것이다.

쿠우우우!

'왜 안 죽지?'

폭화멸혼주의 폭발에 휩쓸리면 몇 초 내로 강제 로그아웃 당한다. 그런데 죽지 않고 있었다. 이상한 기분에 바하무트가 감았던 눈을 도로 떴다.

그곳에는 바하무트보다 족히 두 배는 거대한 붉은 드래고니언이 한 손으로 그를 안고 다른 한 손으로는 폭화멸혼주의 기운을 흡수하고 있었다.

꽤 강력했는지 십여 초 동안이나 씨름을 하고 나서야 겨우 화력을 안정시켰다.

"장하다."

"장합니까?"

"내가 말한 최선은 죽을 각오다."

"저, 된 겁니까?"

"용제 이카루트시여! 새로운 고룡에게 축복을 내려주소서!"

우우우웅!

하늘에서 신성한 광휘가 내리치며 바하무트를 휘감았다. 벨케루다인은 재빨리 몸을 빼내 빛에서 떨어졌다. 전직할 때면 나타나는 용제의 빛이다.

> 3차 전직 퀘스트에 최종 합격하셨습니다.

> 새로운 힘이 용솟음칩니다. 걸려 있던 모든 페널티가 사라집니다.

> 모든 능력치가 두 배로 증가합니다. +100의 능력치 포인트를 획득합니다.

> 진룡 '컴플리트 레드 드래고니언'에서 탈피하여 고룡 '에인션트 레드 드래고니언'이 되셨습니다.

우야아아아아!

바하무트가 내지르는 음성이 아니었다. 미리 입력된 시스템에 의한 보여주기 효과였다. 그로기 상태였던 바하무트의 능력치가 폭발적으로 증가하며 모든 페널티가 사라졌다.

게다가 강제적으로 본체로 변했다. 더욱 거대해지고 굵어졌으며 붉어졌다. 머리에는 한 쌍의 뿔이 더 생겨 총 세 쌍의 뿔이 돋아났다. 용족은 뿔이 힘의 상징이었다.

어마어마한 기운이 전신에서 샘솟았다. 진화가 끝난 바하무트의 육체는 8미터에 육박했다. 웬만한 3층 건물과 맞먹는 크기였다.

근접 전투를 즐기는 드래고니언에 맞는 강인한 육체였다.

"미치겠군."

아달델칸 따위는 문제도 아니다. 두 배로 변한 능력치라면 3차 전직 전에 본체로 현신했을 때와 비슷했다. 더구나 새로 받은 +100의 포인트라면 그때보다도 강할 것이다.

고작해야 1레벨 차이지만 전직 전과 후의 차이는 엄청났다. 1차와 2차 때 격차보다도 훨씬 높았다. 만약 4차 전직을 한다면 얼마나 강해질지 생각만 해도 아찔했다.

"축하한다."

아직도 벨케루다인은 본체 상태로 있었다. 바하무트보다 좀 더 컸다.

아무래도 399레벨이니 그럴 만도 했다. 299레벨 때는 몰랐다.

대체 그가 얼마나 강한 건지.

그런데 지금은 경지가 높아지면서 기감도 높아져서 벨케루다인의 강함이 눈에 들어왔다.

"감사합니다."

"너는 이제 고룡이다. 아직 초입이기에 부족한 점이 있다만 고룡임에는 변함이 없다. 자부심을 품어도 좋다."

정말 전신에 힘이 넘쳐흘렀다. 불가능한 일이 없을 만큼 대단했다.

"이제는 마지막 기술을 사용한다 해도 몸이 버틸 것이다."

"아!"

"대단하더구나. 네가 왜 쓰기를 망설였는지 알겠다. 쓴다면 반드시 죽을 기술이었으니까."

벨케루다인의 다정한 말투에 바하무트는 뿌듯했다. 자신이 시험에서 탈락했다면 그가 더 속상해했을 것이다. 그와의 호감도는 맹신이었으니까.

"종종 놀러 오너라."

"그러도록 하겠습니다."

대화는 길지 않았다. 벨케루다인은 바로 인간형으로 플리모프하고는 아무 일도 없었다는 듯 자신의 성으로 조용히 돌아갔다.

우웅!

바하무트도 본체를 풀고 은신의 망토를 걸쳤다. 뿔과 날개 꼬리를 가리려면 어쩔 수 없었다.

"해냈어. 해냈다고!"

드디어 3차 전직을 완료했다. 어느 때보다도 기분이 좋았다.

6장
라이세크의 제의

Explosive
Dragon King
Bahamut

3차 전직 퀘스트를 무사히 끝마친 바하무트가 슈타이너와 이사벨라를 다시 만난 것은, 일주일 후였다. 그 시간 동안 둘은 죽은 자들의 왕국에서 2만의 유저와 힘을 합쳐 언데드 군단을 전멸시켰다고 했다.

아무리 유저들의 수준이 높다 해도 작위를 지닌 마족이 두 마리나 남아 있었고 언데드 군단의 숫자도 유저들의 몇 배가 넘었기에 전체적인 행동이 소극적으로 변했다.

전세가 최악으로 변해갈 때쯤, 그들의 눈에 사방에서 몰려드는 언데드 군단에 물러서지 않고 모조리 몰살시키던 슈타이너와 이사벨라가 발견됐다.

눈치 빠른 유저들은 황금의 학살자 슈타이너와 소드 퀸 이사벨라라는 것을 알고 자신들의 코어를 이끌어주기를 원했고 둘이 각자 하나씩의 코어를 이끌고 언데드 군단을 상대했다.

나중에는 아크리치 타레드 자작과 나이트 쉐이드 마스터 모라크 남작이 직접 나왔지만, 각각 이사벨라와 슈타이너의 손에 경험치와 유니크 아이템을 떨어뜨리고는 사라졌다.

군단을 통제할 고위 마족이 모두 죽자 언데드 군단은 중구난방으로 날뛰었고, 이만의 유저들은 기회를 틈타 힘을 합쳐 전멸시켰다.

유저들은 전부 한밑천 두둑이 챙겼다. 수만 마리의 몬스터가 떨긴 아이템과 골드를 포함해 아달델칸의 성에 남아 있던 보물의 양도 상당하여 골고루 분배했다.

슈타이너는 275레벨을 달성했고 이사벨라는 299를 기어코 찍어 3차 전직 퀘스트를 볼 수 있는 발판을 마련했다. 그리고 슈타이너와 이사벨라는 바하무트에게 각자 없는 부위의 유니크 아이템을 하나씩 받았다.

슈타이너는 입이 찢어지라 환호성을 질렀다. 이사벨라도 내색은 안 했지만 기뻤는지 입꼬리가 살며시 떨렸다. 둘은 삼일간 사냥하면서 친해졌는지 친구 추가도 했다고 말했다.

"형, 대체 얼마나 강해진 거예요?"

"인간 상태로도 아달델칸은 잡을 수 있다."

"진짜요?!"

상상이 가지 않았다. 본체로 현신하지 않고도 아달델칸을 잡는다니.

이사벨라도 내심 놀랐는지 바하무트를 뚫어지게 쳐다봤다. 슈타이너는 대박이다. 멋있다. 나도 3차 전직하고 싶다며 혼자서 떠들어댔다.

이제 바하무트가 도와준다면 299를 찍는 건 일도 아니다. 작정하고 고레벨 몬스터만 잡으면 된다.

"이사벨라 님도 퀘스트 보시죠?"

"네."

그녀는 여전히 필요한 말을 제외하면 단답형이었다.

"어려운 일 생기면 연락하세요. 도와드릴게요."

"고마워요."

이사벨라는 마음이 급한지 간단한 인사치례만 하고 엘프 왕국으로 떠났다. 원래 그녀는 바하무트를 다시 보면 결투를 신청하려 했지만 3차 전직 유저에게 결투를 신청하는 건 바보 같은 짓이었다.

"아, 공적치 아까워 죽겠네."

"어쩌겠어. 내려줄 국왕이 죽었는데."

바하무트 일행은 각각 공적치 순위 1, 2, 3위였다. 그런데 작위와 영지 유니크 아이템을 내려줄 국왕이 죽었다.

재수 없는 일은 한 번에 일어난다고, 다모스 왕국은 완벽하게 내전 상태로 들어갔다. 일 왕자와 이 왕자가 각기 사십에서 50만 대군을 앞세워 경계선을 기점으로 서로 기회를 엿보는 중이다.

타마라스도 그에 뒤지지 않는 30만 대군을 만들어서 야금야금 땅따먹기하고 있었다. 욕심을 부리지 않고 일, 이 왕자가 자신에게 신경을 돌리지 않을 정도만 먹어댔다.

"이번에 영지 먹으면 루펠린 왕국 영지로 바꾸려고 했는데."

"아무래도 타마라스가 독립할 가능성이 크니까 작위를 지니고 있는 게 좋을 것 같다."

타국의 귀족을 정당한 이유 없이 공격하면 나라 간의 관계가 복잡해진다. 바하무트는 자작의 작위를 지니고 있어서 방패막이가 되지만 슈타이너도 바하무트처럼 작위를 모조리 팔아먹었기에 지금은 일개 평민이었다.

"근데 작위가 그렇게 쉽게 나오는 것도 아니잖아요."

"포럼에 매물 나온 거 없어?"

"단 한 개도 없어요. 요즘 누가 포럼에 올려요? 수수료만 더럽게 떼 가는데."

"하긴, 판다는 소문만 나도 알아서들 찾아오겠지."

영지를 보유한 귀족 유저가 판매한다고 입만 살짝 벙긋하면 눈 깜짝할 순간에 연락이 올 것이다. 구태여 수수료를 5%나 떼 가는 포럼에 올릴 필요가 없었다.

수요가 부족해도 바하무트의 능력이라면 충분히 구할 수

있었다.

그러니 하루 빨리 슈타이너에게 귀족의 작위와 영지를 얻어줘야 타마라스가 왕국을 건설했을 때 보호해 줄 것이다. 워낙에 미친놈이라 어떻게 행동할지 모르는 상황에서는 그게 최선이다.

대체적으로 작위를 얻으려면 왕궁 의뢰소나 용병 의뢰소에서 대규모 전쟁, 해결하지 못한 난제, 몬스터 사냥 퀘스트를 통해야 한다.

슈타이너가 원하는 작위는 다른 곳이 아닌, 루펠린 왕국의 귀족 작위다. 항상 바하무트와 붙어 있기에 그곳의 작위가 필요했다.

"음, 그럼 S급 이상 퀘스트 하나 깨자. 그래서 너 작위 얻자."

"퀘스트 있을까요?"

"아마도? 내가 자작이라 가서 목록 보여 달라고 하면 몇 개 정돈 나오겠지."

"있어도 문제잖아요."

둘의 대화를 다른 유저들이 들었다면 정신병자라고 손가락질했을 것이다. 작위를 무슨 노멀 아이템 얻는 것처럼 이야기하다니.

그러나 바하무트가 300레벨이 넘고 슈타이너조차 270이 넘는다는 것을 알고도 그럴 수 있을까?

각 왕국에는 최소 5만에서 최대 10만에 육박하는 유저를 보유한 팔대길드가 골고루 분포되어 있다. 당연히 그들 중에는 작위를 지닌 유저들도 존재한다.

그런 유저들은 더 많은 영지와 경험치 혹은 보상 등을 얻으려고 의뢰소에서 받을 수 있는 모든 종류의 고난이도 퀘스트에 목을 맨다.

슈타이너의 말처럼 왕궁이나 의뢰소에 S급 이상의 퀘스트가 남아 있다면 이유는 하나다. 팔대길드의 능력으로도 해결할 수 없을 때다. 그런 거대 길드에서도 못 깼으니 남아 있어도 문제라는 거였다.

"그렇기는 해도 3차 전직했으니까 가능할걸?"

당장 쉬운 예로 마족을 들어도 후작등급의 작위를 지닌 마족과 정면 대결을 벌일 수 있었다. 전직하고 나서부터 사냥터에 관한 선택의 폭이 엄청나게 넓어졌고 잡을 수 있는 몬스터의 폭도 넓어졌다.

대륙 오대 금지구역도 정중앙만 아니면 제집 드나들듯이 다닐 수 있는 게 현재의 바하무트였다. 한마디로 믿는 구석이 있다는 소리다.

"내 영지부터 들려서 훑어보고 너 작위 얻으러 가자."

"되도록 백작으로요."

"그건 힘들 텐데? 되려나?"

루펠린 같은 강국에서 한 번에 백작의 작위를 받으려면 S+급 이상의 퀘스트를 해결해야 했다. 퀘스트의 종류에 따라 다르겠지만, 몬스터 사냥에 초점을 맞춘다면 최소 아달델칸급은 되어야 했다.

바하무트는 최대한 파티의 수준에 맞춰서 할 생각이다. 백작은 몰라도 남작 정도는 충분히 얻을 수 있었다.

"아마란스 영지라고 했죠?"

"응, 루펠린 남서쪽이다. 여기서 가면 좀 가깝더라."

현재 바하무트의 위치는 루펠린 왕국 남쪽 부근에 있는 파라드 백작령이다. 그가 공적으로 받은 아마란스 영지와는 이삼 일 내의 가까운 거리였다.

"영지 직접 경영하게요?"

"3차 전직을 해서 이제 단순작업의 반복이잖아. 퀘스트 위주로 게임을 하면서 조금씩 해보려고."

대부분의 유저들이 영지 경영을 하며 제대로 게임을 즐기지 못하는 이유는 영지를 다스리는 데 모든 시간을 할애해서다.

이는 영지를 더욱 크게 키워서 돈, 명예, 권력 등을 얻기 위함이다. 그러니 제대로 된 게임을 즐길 수 있겠는가? 쉽게 말하면 돈을 벌기 위해 영지를 경영한다고 보는 게 옳다.

그런데 바하무트는 돈이라면 넘칠 정도로 많은 사람이었다. 재벌이라고 부르지는 못해도 준재벌 소리는 들을 수 있는 부자였다.

오백 대를 가동하는 게임 캡슐 방에서 벌어들이는 한 달 순수익이 10억쯤 된다. 그뿐만 아니라 그가 운영하는 캡슐 방은 서울 노른자에 있는 10층 빌딩 내부에 들어섰는데 그 빌딩도 본인 소유였다.

이쯤 되면 재력이 얼마나 되는지 알 만도 할 것이다.

돈이란 놈이 많으면 많을수록 좋다지만 그는 지금도 충분하다고 생각했다. 기타 이득을 바라지 않고 순수한 재미를 목적으로 영지를 경영한다면 최소한의 관리만으로도 유지된다.

이제 바하무트에게 남은 것은 새로 시작될 레벨업뿐이었다. 심심하거나 지루할 때 영지 경영을 한다면 소일거리로 그만한 것도 없을 것이다.

"근데, 경영하려면 돈 많이 들어가지 않아요?"

"괜찮아. 그냥 재미만 있으면 돼."

"형은 부자니까 좋겠네요."

"너는 매일 그 소리다. 너도 많이 벌잖아."

"저야 포가튼 사가로 먹고사는 거고, 형은 태생부터 부자잖아요."

슈타이너는 포가튼 사가에서 버는 돈으로 생활한다. 그 돈으로 어머니를 모시고 동생 대학도 보내고 집도 샀다.

작년 한 해 바하무트와 다니면서 번 액수만도 20억 가까이 됐다. 남들의 기준에서 보면 그도 부자다.

"어쨌거나 영지에 가서 상황 좀 보고 너 작위 얻으러 가보자."

"최대한 형이랑 가까운 곳 얻어야지."

슈타이너는 영지를 아예 바꿀 생각마저 하고 있었다. 찾아보면 바하무트 영지 주변에 유저가 관리하는 영지가 있을지도 모른다. 자신이 받는 영지가 멀리 떨어져 있다면 설사 웃돈을 얹어서라도 바꿔야 했다.

"가자."

"네!"

워프 포탈에 몸을 실은 둘의 모습이 파라드 백작령에서 사라졌다.

*　　　*　　　*

워프 포탈을 타고 아마란스 영지로 이동한 바하무트는 곧장 영주성으로 향하지 않고 이곳저곳을 둘러봤다. 특별한 이유가 있어서는 아니다. 그저 자신이 관리할 영지를 확인하고 싶어서다.

첫 느낌은 정갈했다. 수도 펠젤루스처럼 웅장하다거나 화려하다거나 하는 느낌은 없었지만 아담하면서도 소박한, 왠지 모를 정감이 느껴지는 곳이었다.

영지의 옆에는 꽤 넓은 평지가 있었는데 그중 삼 분의 일에 해당하는 지역이 곡물로 가득 맺혀 있었다. 아마도 저 작은 농토에서 생산되는 곡물로 자급자족하며 다른 곳에 팔기도 하는 것 같았다.

필시 발전을 더 한다면 모든 지역에서 곡물을 생산할 수 있을 것이다.

"마음에 든다."

진심으로 마음에 들었다. 복잡해 보이지도 않았고 자그마한 영지에 있을 것은 모두 있었다. 영지 주변을 모두 둘러본 바하무트는 중앙 광장을 지나 영주성으로 향했다.

가는 도중에 수백 명의 유저가 장사도 하고 파티도 구하고 저마다의 본분에 충실한 모습이 눈에 들어왔다. 유동 인구도 상당해서 곳곳에 활기가 넘쳤다.

"트롤 서식처 사냥 가실 화 속성 원소술사 구합니다!"

"강화된 강철 방패 팝니다!"

"시련등급 샌드 웜 난폭한 카바로 잡으실 성직자 한 분 모십니다!"

중앙 광장을 넘자 삼 층짜리 저택이 모습을 드러냈다. 수도에서 보던 대저택에 비할 바는 아니어도 아마란스 영지 내에선 가장 컸다. 조금씩 가까이 다가가자 철제 경갑을 착용한 병사 두 명이 창을 교차시켜 길을 막았다.

"멈춰라! 누구냐?"

"바하무트라고 한다.

"헉! 영주님을 뵙습니다!"

이미 왕성에서 바하무트의 이름으로 된 임명서가 아마란스 영지로 들어갔다. 유저들이야 몰라도 NPC들의 머릿속에는 자신들의 영주에 관한 정보가 입력된 상태다. 사기를 칠 수 있다고 생각할 수 있지만 그것은 불가능했다.

영주 시스템은 바하무트의 계정 자체에 입력되기 때문에 사기를 치려 한다면 오히려 감옥으로 잡혀 들어간다. 병사들도 NPC이기에 당연히 바하무트의 이름이 입력되어 있었고 그가 이름을 밝히자마자 부복 자세를 취한 것이다.

"와, 영주인가 보다."

"대박이다, 진짜."

"여기 자작령치고 상당히 좋은 곳인데 좋겠다."

병사들의 우렁찬 소리에 주변의 시선이 바하무트에게로 집중됐다. 하나같이 부럽다는 소리뿐인데 그럴 만도 하다. 상대적으로 국력이 약한 오 소국의 자작령도 현금으로 일억이 넘는다.

하물며 이곳은 삼대강국의 한 곳인 루펠린 소속의 자작 영지였다. 그것도 상급에 속해 있으며 준 백작령에 버금가는 곳이다.

굳이 가격으로 따지자면 삼억은 넘고 사억에는 못 미친다. 어지간한 자작령에서 벌어들이는 한 달 세금이 1,000~1,500만 원 사이다. 아마란스 영지 정도면 못해도 2,000만 원은 나올 것이다.

평범한 유저들이 부러워하는 게 당연했다. 가지고만 있어도 떵떵거리며 살 수 있을 테니까.

아마란스 영지의 영주 성은 높은 구릉지에 형성되어 있어서 중앙으로 갈수록 고지가 높아지는 형태를 지녔다.

즉, 영지를 한눈에 파악할 좋은 위치에 지어졌단 뜻이다.

아무리 지방 자작의 성이라지만, 과연 귀족의 성이라는 것을 증명하듯 일반적인 건물들과는 건축양식부터가 달랐다.

검은색과 흰색이 적절하게 섞인 대리석이 양옆 4미터의 거리를 두고 굳건하게 박혀 육중해 보이는 성문을 고정했다.

그리고 대리석의 위쪽에는 가로세로 1미터의 정사각형 모양의 빈 공간이 있었는데 이곳은 주인이 속한 길드나 가문의 상징들을 새겨놓는 곳이었다.

지금은 지정해 놓지 않아서 아무런 상징도 없었다. 상징을 새겨놓는 아래에는 주인의 직책과 이름 등을 새길 수 있는 공간도 보였다.

"이건 쪽문인가?"

커다란 성문의 한 부분에는 자그마한 문이 분리되도록 만들어져 있었다. 아무래도 하인들이나 손님들 등의 기타 간편한 용도로 사용하는 듯했다.

바하무트는 대리석 쪽으로 다가가서 손을 대고 계정과 연동시켰다. 자신이 주인임을 증명하기 위해서다.

연동이 시작되며 그의 손에서 하얀빛이 나오더니 잠시 뒤에 문양을 새겨놓는 아래쪽으로 금색과 은색이 적절하게 섞인 글씨로 영주의 이름과 작위 등이 설정되었다.

그는 길드에 소속된 유저가 아니기에 문양은 없었다.

쿠르르릉!

설정이 끝나자 양옆 대리석 앞에서 성을 보호하는 병사 한 명이 레버를 잡아당겨 성문 전체를 열었다.

"들어가십시오, 영주님!"

"수고하시게."

바하무트는 병사의 어깨를 살짝 두드리며 성의 내부를 향해 몸을 옮겼다.

"설마 개인 소속이야?"

"포가튼 사가에서 개인 소속 영주 보기 하늘의 별 따기인데."

"현실에서 부자인가? 여기 세금 얼마나 나오지? 놀고먹겠네."

영지를 지닌 유저 중에서 개인 소속 영주는 상당히 드물다. 대부분 팔대길드 소속이고 그게 아니라면 못해도 중소길드에서 힘을 합쳐 관리하는 곳이 영지라는 개념이다.

워낙에 고가인 데다가 매물도 부족하고 설사 잘 키운다 해도 재수 없으면 영지전에 휘말릴 수도 있기에 너도나도 보호를 해줄 길드의 품속으로 들어가기 바빴다.

길드는 그런 영주들을 보호해 주고 보호세를 받아 서로 상부상조하며 자신들의 세력을 넓혀 나갔다.

"영주님을 뵙습니다! 일동 충!"

"충!

바하무트가 성문을 열고 들어가자마자 본 것은 백 명이 넘는 병사와 하인이었다.

병사들은 성의 정문에서 봤던 것처럼 철제 경갑을 착용한 한 개 포스 병력이었고 나머지 인원들은 하인과 하녀, 그리고 영주를 보좌하는 집사였다.

"이래서 영주 하나 보네요."

"그런가 보다."

그동안 영지를 팔기만 했지, 경험해 보긴 처음이었다. 나쁘지 않은, 왠지 모를 책임감이 느껴졌다.

바하무트는 간단하게 인사치레를 한 후에 병사들과 하인들을 해산시키고 영주의 집무실로 집사만 따로 불렀다. 아무래도 현실에서 사업을 했기에 먼저 무엇을 해야 하는지 눈에 확연했다.

"아마란스 영지."

[소속국가] : [루펠린 왕국]
[소속영주] : [아마란스 디 바하무트]

[보유영지] : [아마란스 자작령]

[영지분류] : [중소도시]

[영지인구] : [48,000명]

[영지수입] : [62만 골드]

[영지지출] : [40만 골드]

[영지자산] : [99만 골드]

[영지가치] : [370만 골드]

[직속병력] : [500명]

[무장상태] : [B(양호)]

[적대세력] : [베이라 자작]

[발전상태] : [82%]

[특산물품] : [쌀, 보리, 밀, 호밀, 메밀, 옥수수, 팥]

[주의사항]

[1. 직속 병력의 보충]

[2. 영지 곳곳의 보수]

[3. 농작물 보호 시설 증축]

"굉장히 양호하네."

적대 세력과 영지 내에 몇 가지 주의 사항이 있다는 것을 제외하면 비교적 양호했다. 적대 세력이야 부임하면 하나씩은 가지고 시작하는 동반자라 사실상 별문제는 없었다. 주의 사항도 돈만 투입하면 쉽게 해결되는 것들이다.

"영주님! 그레이슨 집사가 왔습니다."

"들어오세요."

그레이슨을 부른 바하무트는 영지에 관한 전반적인 설명을 부탁했다.

영지 정보로 읽은 이론적인 지식이 아니라 이곳에서 살고 겪어본 실전 지식이 그에게 필요했다. 수입과 지출, 자산에 관한 것과 병력의 무장 상태와 베이라 자작은 누구인지 등에 관한 모든 것을 물어봤다.

그레이슨은 짧고 간결하게 핵심만 짚어서 설명을 도왔다. 확실히 이론을 통해 영지 상태를 읽기만 한 것과 직접 누군가에게 설명을 듣고 앞으로 해야 할 일을 결정하는 건 달랐다.

"영지 병력을 2,000명까지 증원하려면 얼마나 필요합니까?"

자작이 보유할 수 있는 사병의 한계가 2,000명이다. 아홉 국가마다 차이는 있지만, 루펠린의 경우 남작은 1천, 자작은 2천, 백작은 1만, 후작은 2만, 공작 5만이었다.

유저든 NPC든 한계 병력까지 병사들을 모집하지는 않는다. 아니, 못한다는 표현이 적절하다. 군대를 유지하기 위해서는 막대한 자금이 소모된다.

한계 병력까지 병사들을 모집해서 유지하려면 영지를 보유한 유저들은 항상 허리띠를 졸라매야 한다.

재수가 없어서 영지의 재정이 나빠지거나 기타 문제들이 생기면 큰 타격을 입는다. 그 때문에 적정선을 유지하는 선에서 관리한다.

잘 훈련된 병사 한 명을 양성하는 데는 백 골드가 소모된다. 현실의 돈으로는 만 원이다.

아마란스 영지의 병력이 500명이니 2,000명까지 증원하려면 1,500명의 병사를 양성해야 한다. 그에 비례하여 1,500만 원이 들어가는 것이다.

병력의 규모에 따라 그만큼의 비용이 달마다 소모된다. 그렇기에 유저들은 발전에는 많은 신경을 쓰지만, 지출이 심한 병력에는 큰 신경을 쓰지 않았다.

"군대를 2,000명까지 증원하시려면 일차적으로 15만 골드가, 유지하시려면 달에 20만 골드가 추가로 지출됩니다."

"영지 보수는 어떻습니까?"

"어디까지 생각하고 계신지에 따라 다릅니다, 영주님."

"최고로 생각하고 있습니다."

돈은 넘치도록 많았다. 당장 사냥을 나가서 좌절등급 몬스터 한 마리만 때려잡아도 1,000만 원은 쉽게 번다.

바하무트에게 영지는 돈을 벌기 위한 수단이 아니다. 레벨업만 하면서 지겨웠던 게임을 다른 방향으로 즐기는 유희와 비슷했다.

"그렇다면 일차적으로 삼십만 골드가, 달에 일만 골드의 보수비용이 추가로 지출됩니다."

"농작물 보호시설 증축은 어떻습니까?"

아마란스 영지의 특산물이자 영지를 먹여 살리는 수입 자체인 농작물 시설의 증축은 주의 사항 중에서도 가장 중요한 부분이었다.

조금 전 잠깐 살펴본 바로는 꽤 넓은 평지가 있음에도 고작 해야 삼 분의 일 정도를 사용하고 있었다.

농작물을 늘리려면 그것을 관리할 농민들과 보호를 위한 병력 유지비가 복합적으로 들어간다. 또한, 농작물을 추수하여 그것을 보관할 창고도 필수였다.

"일차적으로 10만 골드가, 달에 2천 골드의 보수 비용이 추가로 지출됩니다."

"영주로서 명합니다. 2천의 병사 증원하세요. 영지 시설 보수도 최고 수준으로 합니다. 농작물 증축도 최고 수준으로 하고 농작물 평지 전체에 농사를 지을 수 있게 조치하세요."

"하지만 평지 전체에 농작물을 심고 관리하려면 못해도 50만 골드가 들어가는데 현재의 재정 상태로는 어림도 없습니다. 이번에는 어찌 잘 넘겨도 몇 달 지나지 않아서 감당하지 못할 지경까지 이를 겁니다."

아마란스 영지의 수입에 비해 지출되는 돈의 양이 엄청났다. 당분간은 모아놓은 자산을 통해 버틸지 몰라도 조금만 지나면 무너져 내릴 것이다.

어쩌면 국왕에게 보내야 할 세금조차 마련하지 못할지도 모른다. 바하무트도 영지 상태에 관해서는 잘 알았다.

당장은 버텨도 그대로 이행하면 무리한 욕심에 의해 파산할 것이다. 그러나 자신이 누군가? 포가튼 사가 랭킹 1위 폭룡왕 바하무트였다.

"부족한 돈은 이것으로 충당하세요. 충분할 겁니다."

"으흑!"

바하무트는 인벤토리에서 100만 골드짜리 주화를 꺼내 그레이슨에게 건 내주었다. 영지에서 다달이 벌어들이는 수입과 100만 골드의 자금이라면 못해도 반년은 버틴다.

"부족합니까?"

"아닙니다! 영지의 재정과 영주님이 주신 자금이라면 충분합니다."

"그럼 일단 영지 내부의 일은 해결된 것이군요."

아직 150만 골드가 더 있었다. 재정이 부족하다면 자신에게 말할 테니 당장은 건네주지 않아도 된다.

'관리하기로 했으면 통 크게 해야지.'

바하무트는 어중간이라는 단어를 모른다. 안 하려면 안 하지, 할 거면 확실하게 하는 성격이다.

이왕 영지를 경영하려고 마음먹었다면 제대로 키워봐야지 않겠는가? 어차피 게임에서 버는 돈을 게임에 투자하는 거라서 이득을 바라는 게 아니었다.

'할 만하네.'

생각보다 영지 경영이 재미있었다. 현실에서 사업하는 것 같은 느낌이 들었다.

"베이라 자작은 어떤 자입니까?"

"남서부 지방 영주 중에서는 파라드 백작 다음으로 세가 강성한 귀족입니다."

보호를 받지 못하는 개인 소속 영주들은 적대 세력에 대해 굉장한 불안감을 느낀다. 그럴 수밖에 없다. 적대 세력이란 영지전을 일으킬 수 있는 권한을 지닌 곳이기 때문이다.

아무렇게나 영지전을 일으키면 국왕의 철퇴를 맞는다. 자국 내의 작은 전쟁이나 마찬가지인 영지전은 뚜렷한 목적과 이유가 뒤따라야 한다.

적대 세력을 해결한 유저들은 정말 마음 편히 세금을 받아 먹으면서 현실에서나 가상에서나 남부럽지 않게 떵떵거리며 살아간다.

가끔 가다 음모에 의해 휘말리는 경우도 종종 있었지만, 확률이 희박했기에 걸리는 유저들은 정말 재수가 없다고 보는 게 옳았다. 영지전에서 패배하면 영지가 몰수당한다. 알거지가 된다는 거다.

적게는 5,000만 원에서 많게는 10억까지도 나가는 거액의 영지가 한 번에 몰수당하면 정신이 코마 상태에 든다. 실제로 포가튼 사가에서 영지전에서 패배해 영지를 몰수당한 유저가 자살한 적도 있었다.

적대 세력은 자신이 보유하고 있는 영지보다 세력이 강한 쪽으로 설정된다. 이는 일종의 시련과 비슷한 개념이다.

보호받지 못하는 개인 유저들은 이겨내지 못하고 무너진 다. 팔대길드와 중소길드들은 그러한 점을 알기에 보호세를 받고 적대 세력으로부터 유저들의 영지를 보호해 줬다.

반절에 해당하는 세금을 걷어 갔지만 달리 불만은 없었다. 몰수당하는 것보단 낫다고 생각해서였다.

"그냥 지금 가서 몰살시킬래요?"

슈타이너가 농담과 진심을 반반씩 섞어가며 말했다. 바하무트는 고개를 설레설레 저었다. 인간들의 영역 싸움에선 용족의 본체로 돌아가면 안 된다.

인간들의 일이기에 인간형으로 싸워야 한다. 그렇다고 해서 300레벨의 강함이 어디 가는 건 아니지만 급할 건 없었다. 뭐든 즐겨야 한다.

"됐어. 이런 것도 게임의 재미지."

"나는 영지 얻으면 적대 세력 하루 만에 지워야지."

슈타이너의 말마따나 그의 능력이라면 하루 만에 지우는 것도 가능하다. 이런 시골 영지에 200레벨 이상의 그랜드 마스터급 NPC가 있지는 않을 테니까.

고레벨 NPC는 후작급 이상의 영지를 가야 겨우나마 눈에 띈다. 300레벨 이상의 울티메이트 마스터는 나라마다 적게는 없거나 많게는 네 명까지 존재했다.

그들은 전부 국왕을 모시는 근위 기사단장과 주요 직책을 지닌 공작급의 고위 귀족이었다.

"그렇게 해서 베이라 자작은 저희 영지의 농토가 필요한 것입니다."

별다른 내용은 없었다. 그냥 강력한 군사력을 지니고 있는 베이라 자작이 세력을 넓히려고 눈독을 들인 영지가 아마란스 영지라는 정도가 전부였다. 강력한 군사력과 풍족한 식량이 만나면 그야말로 금상첨화기에 그러려니 했다.

"알겠습니다. 이만 물러가세요."

그레이슨과 영지에 관해 이것저것 상의를 한 바하무트는 그를 보내고 전망이 확 트인 영주 집무실에서 영지 전체를 내려다봤다.

저 멀리 유저들과 NPC들의 평화로운 모습이 보였다. 가상의 세계지만 그들에게는 현실 그 자체다. 게임을 접기 전까지는 이 영지를 되는 데까지 키워볼 생각이다.

"응?"

한참 바깥을 바라보고 있는데 성문 쪽으로 일단의 무리가 접근해 왔다. 숫자는 대략 10여 명 정도로 무장 상태도 양호한 게 고레벨로 추정됐다.

"왜요?"

"저기 재들 이쪽으로 오는 거 맞지?"

"아, 스카우트하러 왔나 보네."

"아하! 그건가?"

팔대길드와 중소 길드들은 영지를 넓히려고 안간힘을 쓴다. 그들에게 있어서 영지는 돈이며 힘이었다.

되도록 구매하려 애쓰지만 여의치 않을 경우, 길드로 끌어들인다. 현재 바하무트도 비슷한 상황이었다.

"어쩔까?"

"어차피 계속 몰려올 테니까. 확실히 거절하는 게 좋을 것 같네요."

루펠린 왕국은 대륙십강 랭킹 10위 폭풍의 마검 라이세크의 영역이다. 가장 좋은 조건을 제시하는 쪽도 그의 길드인 거센 바람 길드일 것이다.

"만나보지, 뭐."

일단은 만나보기로 했다. 무작정 무시한다고 안 찾아올 것도 아니기에.

*   *   *

"오랜만이다."

뜻밖에도 바하무트를 찾아온 유저들은 거센 바람 길드의 간부들과 그들의 길드장인 폭풍의 마검 라이세크였다.

"바쁘신 분께서 웬일이시래?

"너 보러 온 거 아니거든?"

슈타이너가 라이세크를 보며 퉁명스럽게 말했다. 답변하는 라이세크도 그리 친절하게 말하지는 않았다. 그냥 장난치는 것뿐이지, 서로 악감정은 없었다.

"알고 찾아온 건가?"

가만히 있던 바하무트가 말했다.

"당연하다. 루펠린 왕국에서 주인 없는 자작령은 몇 개 없으니까."

라이세크는 오크로드 토벌 퀘스트의 공적보상에 관해 누구보다 잘 알고 있었다. 그가 직접 퀘스트를 받았고 유저들을 모집했기 때문이다. 공적 1위에게는 루펠린 왕국의 자작 작위와 영지가 하사된다.

그리고 현재 남아 있는 자작령은 세 개밖에 없었는데 그곳에 새로운 영주가 임명됐다면 누구일지는 불 보듯 빤했다.

더군다나 성문 쪽, 문양과 이름을 새겨 넣는 곳 아래에는 떡하니 바하무트라고 새겨져 있었으니 바보가 아니고서야 어찌 모르겠는가.

"그렇군."

"좋은 영지다. 주변 지형도 좋고 땅도 넓다. 남작 영지 두 곳 정도는 더 만들 수 있다."

"나도 마음에 든다."

라이세크는 바하무트에게 오기 전 간부들과 같이 영지 주변을 훑어봤다. 고지가 높아서 그런지 주변이 한눈에 들어왔다.

꽤 넓은 땅덩이가 두세 곳 정도 보였다. 발전의 발전을 거듭한다면 어지간한 백작 영지보다도 커질 잠재력을 지녔다. 다른 유저들이라면 돈이 주는 압박에 피가 마를 테지만 바하무트라면 손쉽게 키울 것이다.

"왜 왔지?"

"세 가지 이유 때문에."

"궁금하군."

라이세크는 잠시 뜸을 들이더니 조심스레 말했다.

"영지를 팔 생각은 없나?"

"두 번째는?"

지금까지 바하무트와 슈타이너는 영지를 팔기만 했지, 직접 경영을 한 적이 없었다. 그래서 꺼내본 말인데 보기 좋게 거절당했다. 바하무트도 불쾌하다든지 하는 기색을 내보이지 않았다.

'아깝군.'

영지 자체로도 상급이다. 주변 지형도 좋았고 수성에도 무척이나 유리했다. 그리고 영지의 옆에는 농작물을 재배할 수 있는 기름진 평야도 존재했다. 아마란스 영지에 해당한 지역 전체를 개발한다면 상당한 세금을 기대해 볼 만했다.

'이번 퀘스트 반드시 성공했어야 했는데.'

퀘스트가 실패해서 오크로드가 루펠린을 침공했다면 300레벨로 진화하여 난이도가 올랐을 것이다. 결국, 자국에 두 명만 존재하는 울티메이트 마스터가 나서서 오크로드를 죽였으리라.

그리되면 큰 피해가 생겨서 국토가 소실됐을 테니 이런저런 피해를 계산하여 보상의 등급이 올라갔다.

모르는 유저들은 아마란스 영지가 자작령치고는 상급에 속하는 준 백작령급이라고 하는데 틀린 말이다. 준 백작령급이 아닌, 준 후작령급이었다.

적대 세력을 흡수하여 바하무트에게 영지 하나가 추가된다면 완벽한 후작령이 될 수도 있었다. 그러면 충분히 가능했다. 영지 키우기가 그렇게 쉬우냐고 승작이 누구 집 개 이름이냐고 할지도 모른다.

하지만 원래 인생이 그렇다. 가진 자는 더욱 많은 것을 가지게 된다. 평범한 유저들의 기준으로 생각하면 평생 가도 이해하지 못한다.

유니크 아이템을 얻기 위해 몇 개의 포스가 연합하고도 못 잡는 몬스터를 바하무트는 혼자서 잡는다. 애당초 격이 다르다.

영지 경영도 똑같았다. 돈만 많다면 다 해결된다. 라이세크도 거센 바람 길드의 마스터로서 어마어마한 돈을 벌지만 혼자서 다 먹지는 못한다.

간부들과 길드 원들에게 적절히 분배하고 길드 자금도 남겨둬야 하기에 한계가 있다. 그러나 바하무트는 혼자만 책임지면 된다.

꺼릴 게 없으니 뭐든 자기 마음대로 진행한다. 돈, 무력, 명예 무엇 하나도 떨어지는 게 없다. 그러니 쉽다는 거다 모든 것이.

"동맹을 맺고 싶다."

"동맹?"

바하무트가 고개를 갸웃거렸다. 이건 좀 뜻밖이었다. 라이세크는 루펠린 왕국에서 활동하는 길드 연합의 연합 길드장이다. 손 벌릴 이유가 없는 그 자체로도 뛰어난 유저였다.

"그렇다, 동맹."

"귀찮아. 쓸데없는 일에 신경 쓰고 싶지 않기도 하고."

지금까지 길드에 들지 않은 이유도 영지를 경영하지 않은 이유도 모두 귀찮아서다. 혼자면 나만 책임지면 되는데 어디에 소속되는 순간 자유가 억압된다.

"거절인가?"

"귀찮은 건 질색이다."

싫은 건 싫은 거였다. 혼자가 편했다.

"마지막으로 널 찾은 이유다. 도와다오."

"도와줘?"

"다모스 왕국에 내전이 발생한 것은 알겠지?"

"응."

다모스 왕국은 국왕의 사망 이후 발발한 내전 때문에 세 조각으로 찢어졌다. 일 왕자파와 이 왕자파, 마지막으로 타마라스를 따르는 중소귀족 연합이었다.

이 중 지방귀족의 수장 타마라스는 내전이 시작된 지 사흘 만에 루펠린 왕국과 적대 세력인 헬렌비아 제국에 붙어버렸다.

위기를 느낀 칼베인 왕국과 루펠린 왕국은 서로 일 왕자파와 이 왕자파에 동맹관계를 맺으려고 사신을 보냈지만 거절당했다.

이에 두 왕국은 암묵적 합의를 하고 강제병합을 준비하고 있었다. 쉽게 말해 전쟁이다.

"헬렌비아 제국이 가만있어?"

헬렌비아 제국으로서는 강력한 국력을 지닌 칼베인과 루펠린이 눈에 가시거리였다. 가만히 내버려 두지 않을 것이다. 타마라스야 본인이 속국이 되기로 했으니 상관없지만, 명분 없는 전쟁은 주변국들의 경계를 불러올 뿐이었다.

"두 왕자는 각각 한 명씩의 울티메이트 마스터를 보유하고 있다."

"혹시 서로 죽어라?"

"정답이다."

인간의 기준에서 울티메이트 마스터는 반신급의 존재들이

다. 헬렌비아 제국의 생각은 간단하다. 지금 상황에서의 강제 합병은 필수적으로 전쟁이 동반된다.

울티메이트 마스터를 쓰러뜨리려면 동급의 강자가 나서야 했다. 두 왕국은 서로 간에 동맹국도 있고 적대국도 있기에 함부로 국가의 강자들을 내보내기가 어려웠다.

한 명만 보냈다가 지기라도 하면 그야말로 날벼락이다. 보내려면 둘 모두를 보내야 하는데 그랬다간 빈집털이를 당할 수도 있었다.

그렇기에 루펠린의 국왕은 라이세크에게 명령(퀘스트)을 내렸다. 직접 다모스 왕국으로 군대를 이끌고 가서 점령하라고.

그 말을 들은 라이세크는 정말 국왕을 찢어 죽이고 싶었다. 저번에 오크로드 퀘스트도 바하무트가 죽이지 않았으면 실패했을 것이다.

그런데 이번에는 적국을 쳐들어가서 울티메이트 마스터를 죽이란다. 퀘스트의 난이도가 자그마치 SS급이었다. 서서히 유저들의 수준이 높아지면서 퀘스트의 수준도 높아지는 비례 현상이 나타났다.

"너희 국왕 진짜 왜 그러냐?"

"이젠 우리 국왕이다."

"아!"

바하무트도 이제는 루펠린의 귀족이었다. 남 말 할 처지가 아니었다.

"퀘스트의 난이도가 엄청나겠군."

"SS급이다. 근데 이번엔 선택폭이 조금 넓다."

"SS? 예를 들면?"

"본국의 울티메이트 마스터 한 명을 데려갈 수 있다. 대신 퀘스트 등급이 두 단계 내려가지. 그럼 보상도 내려간다."

보상이라는 소리에 바하무트와 슈타이너가 관심을 보였다. 지금껏 한 번도 나오지 않은 SS급의 보상이 너무 궁금했다.

죽은 자들의 왕국도 S+등급이었는데 두 종류의 유니크 아이템과 백작의 작위가 내려졌었다. 국왕이 죽는 바람에 받지는 못했지만.

"보상이 뭔데?"

궁금증을 참지 못한 슈타이너가 먼저 물어봤다.

"말하기 힘들군. 눈으로 봐라."

[다모스 왕국 점령전 : 등급(SS)]

내용 : 현재 다모스 왕국은 세 조각으로 갈라져서 자국 간의 영토 전쟁을 벌이고 있다. 이 중 지방귀족의 수장인 아반트 데 타마라스 백작은 내전 사흘 만에 헬렌비아 제국의 속국을 자

처했다.

그가 얻은 다모스 왕국의 영토는 전체의 15%로 오소국의 7할에 해당한다. 이에 국력이 눈에 띄게 강화된 헬렌비아 제국을 견제하려고 이대 강국에 속한 칼베인과 루펠린 왕국이 각각 일 왕자파와 이 왕자파에 동맹관계를 맺기 위한 사신을 보냈지만 거절당한다.

위기감을 느낀 두 왕국의 국왕은 강제로라도 내전 중인 다모스 왕국을 점령하기로 정한다. 그러나 그곳에는 대륙에 열두 명밖에 없다는 울티메이트 마스터가 두 명이나 버티고 있다.

트라가드 판 그레우스 공작.

루펠린 왕국에서 상대할 울티메이트 마스터의 이름이다. 그만 쓰러트린다면 다모스 왕국 전체 영토의 40%가 루펠린 왕국의 영토에 복속되어 제국이 될 수 있는 기틀이 마련된다. 이에 루펠린 왕국의 국왕 펠젤루스 폰 슈르베로츠가 명하노니 용맹스러운 그대여, 왕국의 번영을 위해 다모스 왕국을 점령하라.

제한 : 1, 2, 3차 전직.

성공 : 트라가드 판 그레우스 공작의 사망.

실패 : 루펠린 왕국의 국경까지 군세가 밀리거나 전멸, 한달 초과 시.

보상 : +5레벨 증가, 전원에게 매직 아이템+5,000골드 지급.

공적 보상 : 국왕이 직접 하사.

1위. 히어로 아이템 한 종류+루펠린 왕국의 후작 작위와 영지.

2위. 유니크 아이템 세 종류+루펠린 왕국의 백작 작위와 영지.

3위. 유니크 아이템 한 종류+루펠린 왕국의 자작 작위와 영지.

페널티.

1. −3레벨 하락.

2. 루펠린 왕국의 영토 30% 소실.

3. 이루스, 루칸 왕국의 침공.

4. 부사령관 이상 책임자들의 작위 두 단계 하락.

5. 총사령관의 작위와 영지 몰수.

"미쳤군."

그야말로 미친 보상이다. 다른 유저들에게도 엄청나지만, 바하무트의 기준에서는 장난이 아니었다. +5레벨이 오른다. 고작이라고 하면 정신줄을 놓은 사람이다.

지금 그의 레벨은 300이었다. 여기서 5레벨을 올리려면 한 달을 쉬지 않고 사냥해야 가능할까 말까였다.

거기에 공적 보상 1위가 바하무트조차 단 한 개도 없는 히어로 아이템이었다. 욕심이 났다. 작위는 있어도 그만, 없어도 그만이지만 레벨과 아이템이 탐났다.

고개를 돌려 슈타이너를 봤다. 실성한 사람처럼 침만 질질 흘려댔다. 흡사 광인처럼 보였다. 이번 전쟁에 참여하여 잘 해결된다면 슈타이너는 299레벨에 고속도로를 타고 오를 수가 있었다.

"맞다. 미쳤지. 보상도 미쳤지만, 난이도도 미쳤다. 본국에서 울티메이트 마스터를 데려가면 두 단계나 내려간다. 오크로드 수준이라고 생각하면 편할 거다."

오크로드 수준이라 생각하니 갑자기 흥미가 떨어지려고 했다. 확실히 SS급의 퀘스트의 위력이 너무 대단했다.

"이건 언제 출발이지?"

"아직 한 달 정도 남았다. 여유는 많다."

"칼베인 왕국도 출전하면 그 두 녀석이 가겠군."

"아마도 그렇겠지."

칼베인 왕국에는 대륙십강 랭킹 5위 울프 로드 쿠라이와 랭킹 9위 뇌전의 군주 스라웬이 뿌리를 내리고 있었다. 쿠라이는 칭호에서 알다시피 특수 종족 라이칸 슬로프였고 스라웬은 페어리였다.

"울티메이트 마스터라."

"아무리 너라고 해도 혼자서는 무리다."

"헷! 웃기고 있네. 아직도 형이 2차 전직 유저인 줄 아느냐?"

라이세크의 어림도 없다는 말에 슈타이너가 콧방귀를 뀌며 말했다. 그 말에 라이세크와 휘하 간부들이 눈을 부릅떴다.

"설마! 3차 전직을 했다는 소리냐?"

"그렇게 됐다."

"말도 안 돼!"

라이세크가 소리쳤다. 자신의 레벨은 이제 고작 230이다. 3차 전직을 하려면 299에 도달해야 하고 완료를 했다면 300레벨일 것이다. 무려 70레벨 차이다. 격차가 난다는 것은 알고 있었지만 이렇게까지 날 줄이야.

포가튼 사가 플레이포럼에는 랭킹 순위만 나오고 레벨은 나오지 않아서 몰랐었다.

"너 이제 큰일 났다. 3차 전직 퀘스트, 내가 옆에서 봤는데 사기야. 깨라고 만든 난이도가 아니야."

"그럼 바하무트는 어떻게 했지?"

"진짜 몬스터 하나 잡으려고 세 명이 달려들어서 뒤치기로 겨우 잡았다. 넌 못해."

"세 명?"

바하무트는 명실공이 대륙십강의 랭킹 1위다. 그리고 슈타이너도 랭킹 4위였다. 그럼 남은 한 명은 누구일까?

"이사벨라."

궁금증에 관해선 바하무트가 대답했다.

"소드 퀸!"

"응, 맞아."

"그럼 3차 전직에 필요한 몬스터 하나 잡으려고 너와 이사벨라, 슈타이너가 합공을 했단 건가?"

믿기지 않는다는 라이세크의 말에 바하무트가 머리를 긁적였다.

"정확히 말하면 나와 이사벨라 님이 합공했는데 둘 다 죽을 뻔했어. 마지막에 슈타이너가 뒤치기 안 했으면 확실히 죽었을 거다."

"대체 그 몬스터가 뭐였지?"

"그거? 아달델칸이라고 다모스 왕국에서 생성된 죽은 자들의 왕국 퀘스트 알지? 거기 대장."

라이세크는 잠시 생각을 하더니 기억해 냈다. 얼마 전 동영상을 본 기억이 났다. 자신이 받은 퀘스트에 비하면 한 수 아래였지만 그래도 S+등급이었다.

백작의 작위를 지닌 고위 마족을 잡으라는 퀘스트 내용도 스크린 샷으로 찍혀져 올라와 있었다.

"백작등급 마족 아니었나?"

"맞아."

"그럼, 299레벨 아닌가? 그걸 잡는데 세 명이 합공하고도 죽을 뻔했다고?"

"너 마족 잡아본 적 없지?"

정곡을 찌르는 바하무트의 말에 라이세크는 들켰다는 듯 움찔거렸다. 그는 마족을 잡기는커녕 본 적도 없었다.

그래서 얼마나 강한지 알지 못했다. 그냥 지나는 소문으로 들은 게 전부였다.

"백작의 레벨은 299지만 반쯤은 300레벨에 걸쳐져 있어서 차원이 달라. 말로 설명이 어렵다. 지금 네 실력이면 남작과도 승부를 장담 못할걸? 강한 놈한테는 질 거고."

라이세크는 자존심이 상했지만 답문하진 않았다. 그의 말을 듣고 이번 퀘스트에 대한 걱정이 무럭무럭 솟아났다.

'완벽한 300레벨도 아닌 마족이 그렇게 강하면 울티메이트 마스터는 끝장나겠군.'

상상이 가지 않았다. 최상위 랭커 세 명에서도 죽을 뻔했단다. 왜 이 퀘스트가 SS급인지 이제야 이해했다.

"칼베인 녀석들끼리만 가면 실패하겠군. 울티메이트 마스터가 꼭 필요하겠어."

"그런 애들 열 명이 가도 실패다. 한 번에 몰살당해."

슈타이너가 콧방귀를 뀌며 말했다. 자신보다도 약한 것들이다. 성공하면 그건 실력이 아니라 버그다.

"네가 도와주지 않는다면 등급을 내릴 것이다."

"도와주면?"

"당연히 이대로 간다. 네가 3차 전직을 했는지는 몰랐으니까."

"설마, 내가 2차 전직 상태였더라도 나랑 슈타이너가 허락했다면 SS등급을 그대로 밀고 나가려고 했나?"

답변이 없었다. 무언은 긍정이다. 바하무트는 황당하다는 표정으로 그를 봤다. 가능할 리가 없지 않은가.

"도와줄 건가?"

"한 달 뒤라고 했지?"

"그렇다."

"생각 좀 해보고."

"보름 안에는 답변을 부탁한다."

퀘스트 등급에 맞는 준비를 하려면 시간이 필요했기에 못해도 보름 안에는 바하무트의 확답을 들어야 한다.

"기대하마."

볼일을 끝낸 라이세크는 간부들과 집무실을 벗어나 성을 빠져나갔다. 슈타이너는 그들이 시야에서 사라지자 말했다.

"형, 어쩌려고요?"

"인간 상태로만 싸워야 할 텐데. 난감하네."

퀘스트 관련 인간들만의 전쟁에는 본체로 변할 수 없다. 특수 종족 중 유일하게 인간의 일에 대놓고 모습을 드러낼 수 없는 종족이 용족이었다.

만약 무시하고 모습을 드러내면 용제 이카루트에 의해 한 달간 계정이 정지된다. 그렇다고 거절하기에는 보상이 너무나도 탐났다. 자그마치 +5레벨에 히어로 아이템이었다. 아마도 왕실의 보물일 것이다.

"형이 정면에서 붙고 저랑 라이세크가 옆에서 보좌해도 어려울까요?"

"장담 못하겠다. 울티메이트 마스터 혼자 나오는 것도 아닐 테고."

인간형 상태의 바하무트는 일전에 세 명에서 상대한 아달델칸보다 좀 더 강한 수준이다.

라이세크가 300레벨이었다면 아달델칸보다 훨씬 강했겠지만, 용족은 인간형일 때의 능력치가 타 종족의 80%에 불과했다. 그리고 울티메이트 마스터를 보좌하는 그랜드 마스터들도 있을 것이다.

"확답까지 보름, 출정까진 한 달이라?"

"왜요?"

"좋아. 해보자."

그까짓 거 죽으면 죽는 그만이다. 매력적인 보상을 거부할 수 없었다.

"왕궁으로 가서 너 작위부터 구하자."

"그냥 라이세크가 가져온 걸로 해도 되지 않아요?"

바하무트는 고개를 저었다. 그것은 장담하기 어려웠다. 어차피 영지는 자신이 없어도 돌아가게끔 하여 놨다. 조만간 성 내부에 워프 포탈 스크롤을 사서 새겨 넣으면 언제든지 원할 때 돌아올 수 있었다.

"그럼 왕궁으로 가는 건가요?"

"한 달간 굵직한 퀘스트들 위주로 수행하자. 1레벨이라도 올려야지."

자신이 도와주면 슈타이너의 레벨이 급격하게 오를 것이다. 준비는 벌써 시작됐다.

＊　　　＊　　　＊

푸슝!

포가튼 소프트에서 만든 최고급 형 캡슐의 전면부가 개방되며 훤칠한 신장에 다소 차가운 느낌을 주는 잘생긴 사내가 몸을 일으켰다. 가상에서는 폭룡왕 바하무트이자 이곳 십 층 빌딩, 블랙 시티의 건물주인 마형진이다.

"힘들다."

마형진은 굳어버린 몸을 움직이며 뭉쳤던 근육을 풀어댔다. 아무리 최고급 캡슐이라도 편안하게 해주는 데는 한계가 존재한다. 그처럼 열 시간이 넘게 게임을 하면 항상 이런 현상이 나타났다.

그가 캡슐에서 빠져나오자 캡슐 방의 직원들이 하나둘 모여들었다. 500대를 운영하기에 매점 등의 업무까지 포함하면 수십 명은 돼야 일손이 부족하지 않았다.

"사장님, 끝나셨어요?"

매니저 명찰을 달고 있는 미녀가 마형진의 곁으로 다가왔다. 직원들의 비율은 남자보다 여자가 월등히 많았다. 이는 모든 그에게서 비롯된 사항이다. 여자만 뽑았다거나 한 건 아니다.

그저, 그가 지닌 모든 게 여자를 저절로 끌어모은 것뿐이었다.

추정되는 보유 자산만 최소 수백억 대이며 겉모습도 나무랄 데 없이 멀쩡하고 성격 역시 좋았다. 대박을 꿈꾸는 여자들에게 있어 마형진은 로또 그 자체였다.

"응. 오늘은 이만 들어갈게. 잘들 부탁해."

"네! 들어가세요! 사장님!"

마형진은 곧장 자동문을 통해 바깥으로 나갔다. 그러자 남은 직원들이 그에 대해 수군거렸다.

"진짜 잘생기지 않았어?"

"응응! 뭐 하나 나무랄 데도 없어. 성격도 좋고."

"아! 우리 사장님 잡으면 인생 그야말로 활짝 펼 텐데!"

"그 얼굴에?"

여직원들은 마형진에 대해 이런저런 이야기를 나누며 즐겁게 웃었다.

"포가튼 사가 하시는 것 같던데 내가 좀 키워드릴까?"

"맞다. 너 199레벨이라고 했지?"

"진짜! 2차 전직 퀘스트만 안 떨어졌어도!"

199레벨이라는 소리가 들리자 많은 사람이 부러운 눈빛으로 쳐다봤다. 그중에는 직원을 제외한 고객들도 포함됐다.

전 세계로 타고 나가면 199레벨 대의 유저는 꽤 많은 편이다. 그러나 엄밀히 말하면 상위 0.1%에 해당한다고 볼 수 있다. 수억 명 중에 수십만 명 비율이면 그런 수치가 나오니까.

"사장님은 혼자 게임하는 걸 즐기셔."

가만히 이야기를 듣던 여 매니저가 말했다.

"정말요? 음, 돈이 많으셔서 부족한 게 없으시긴 하겠다."

진정 가상에서 무서운 자들은 현질러다. 그들에게 불가능이란 없다.

체력이 모자라면 최상급 포션을 빨고 버프가 없으면 스크롤로 때우며 아이템은 최고급으로 도배한다.

현실이나 가상이나 돈은 불가능을 가능케 했다.

"그건 잘 모르겠어. 일이 년 전까지는 현질하시는 모습을 종종 봤는데 지금은 그러지 않으셔."

"생각보다 오래하셨네요?"

"대륙십강이신 것 아니야?"

"뭐? 깔깔!"

여자들은 말도 안 된다며 배를 잡고 웃었다. 그런데 한국에는 이런 속담이 있다.

등잔 밑이 어둡다고.

그녀들은 마형진이 포가튼 사가의 절대자 폭룡왕 바하무트란 사실을 언제쯤 알게 될까?

『폭룡왕 바하무트』 2권에 계속…

용병귀환

유왕 판타지 장편 소설

**수십 년 전, 용병왕의 등장으로 생겨난
왕국과 용병의 세계.
평소엔 한없이 가볍지만 화나면 누구보다 무서운,
놀고먹고 싶은 그가 돌아왔다!**

하지만 바람과는 달리 과거 그의 앙숙과 대륙의 판도는
도저히 그를 놓아주질 않는데……

— "용병은 그냥, 돈 받고 칼을 빌려주는 놈들이니까."

그의 용병 철학은 단순했다.

"물론, 누구에게 빌려주느냐가 문제겠지?"

Book Publishing CHUNGEORAM

수십 년 전, 용병왕의 등장으로 생겨난
왕국과 용병의 세계.
평소엔 한없이 가볍지만 화나면 누구보다 무서운,
놀고먹고 싶은 그가 돌아왔다!

하지만 바람과는 달리 과거 그의 앙숙과 대륙의 판도는
도저히 그를 놓아주질 않는데……

"용병은 그냥, 돈 받고 칼을 빌려주는 놈들이니까."

그의 용병 철학은 단순했다.

"물론, 누구에게 빌려주느냐가 문제겠지?"

도시의 주인
말리브 장편 소설
FUSION FANTASTIC STORY

말리브 작가의 신작 현대 판타지!

죽기 위해 오른 히말라야.
그러나, 죽음의 끝에 기연을 만나다!

『도시의 주인』

다시 한 번 주어진 운명.
이제까지의 과거는 없다!

소중한 이를 위해! 정의를 외친다!

Book Publishing CHUNGEORAM

유행이 아닌 자유추구 -
WWW.chungeoram.com